재미있는 고전27가지

그림과 함께 보는

재미있는 고전 27 가지

장석만 편역

도서출판 사사연

머리말

이 책은 『중화 상하 5천 년』, 『자치통감』, 『사기』 등과 같은 고전에 실린 감동적인 일화들을 골라 편역한 것이다. 중국 5천 년 역사를 거쳐 간 위대한 인물들의 아름다운 말과 훌륭한 행동을 통해, 독자들은 올바른 인생의 지침과 삶의 방편이 되는 지혜를 얻을 수 있을 것이라 감히 단언한다.

역사는 승자의 이름만을 기억하는 법이다. 스스로의 인생을 성공으로 이끌기 위해서는 고난과 역경을 헤쳐나간 위대한 인물들의 성공사를 보지 않을 수 없다.

예를 들면 『사기』는 지금으로부터 약 2천 년 전에 역사가인 사마천이 저술한 것으로, 전설상의 황제시대로부터 사마천이 살았던 한대에 이르기까지 천 년 이상의 역사를 배경으로 한다. 사마천은 대장 이릉을 변호한 죄로 궁형(생식기를 거세하는 혹형)을 당했지만, 그는 온갖 치욕을 참으면서 혼신의 힘을 다해 『사기』를 썼다. 『사기』는 구절마다 사마천의 개성이 뚜렷이

묻어 있으며 박력 있는 필치로 왕후나 귀족에서부터 서민에 이르기까지 생생하게 묘사했다. 그리하여 『사기』는 단순한 자료집이 아닌 뛰어난 삶의 지침서이자 역사문학으로서 영원한 생명을 얻었다.

고전 속의 위대한 인물들의 훌륭한 일화는 오늘날에도 항상 흥미진진하다. 읽으면 읽을수록 더욱 귀중한 가르침을 얻을 수 있다. 현대를 살아가는 우리들에게 늘 새로운 에너지를 주는 인류의 소중한 유산이 아닐 수 없다.

편역자로부터

차례

1. 대신이 왕을 연금하다

　이윤의 이름은 '지'이고 하나라 말 상나라 초의 사람이다. 노예 집안에서 태어난 이윤은 아주 어릴 때 유신씨에게 노예로 팔려갔다. 비록 노예였지만 이윤은 지혜롭고 총명하며 공부하기를 즐겨 열심히 노력했다.

　어느 날 상나라 좌상이 하나라 걸왕에게 공물을 바치러 가는 길에 유신씨의 나라에 머물게 되었다. 그때 우연히 반찬을 나르는 이윤을 보고 지혜가 남보다 뛰어남을 발견하였다.

상나라로 돌아온 좌상은 이윤을 탕왕에게 천거했다. 탕왕은 목마른 사람이 물을 찾듯 현명한 인재를 찾고 있던 터라 즉시 사신을 파견하여 선물을 가지고 유신씨의 나라로 가서 이윤을 데려오게 했다.

상나라 왕이 이윤을 데려가려고 사신까지 보냈다는 소식을 들은 유신씨는 만일 이윤이 상나라로 가면 자신에게 불리함을 알고 구실을 만들어 이윤을 감옥에 가두었다. 상나라 사신이 제 나라에 돌아와 이윤의 처지를 탕왕에게 전하니 탕왕의 실망이 이만저만이 아니었다. 이에 좌상이 계책을 내놓았다. 유신씨네 딸과 혼사를 맺되, 유신씨네 딸이 시집올 때 시종으로 이윤을 함께 데려와야 한다는 조건을 내걸자는 것이었다. 탕왕이 이에 동의하고 곧 사람을 파견했다. 유신씨 역시 흔쾌히 사돈을 맺었으며 이윤을 하인으로 보냈다.

탕왕은 상나라로 온 이윤과 여러 번 이야기를 나누어보고는 대단한 인재라고 확신하게 되었다. 그리하여 그를 우상으로 임명하여 나라의 크고 작은 일을 모두 맡아보게 하였다. 이렇게 이윤은 일개 노예에서 상나라의 우상이 되었다.

탕왕이 죽자 이윤은 상나라의 조정을 보필하는 중요한 대신이 되었다. 탕왕에게는 아들 셋이 있었는데 모두 병으로 죽어 하는 수 없이 탕왕의 장손인 태갑을 왕으로 세웠다.

태갑은 태어날 때부터 제왕의 부유한 생활을 즐겨온 터라 정사는 돌보지 않고 매일 술독에 빠져 궁녀들을 데리고 풍악을 울리며 즐길 뿐이었다. 보다 못한 이윤이 쾌락에 빠지지 말고 정사를 돌봐야 한다고 아무리 충언을 올려도 듣지 않았다. 태갑의 방탕한 생활을 지켜보던 이윤은 그대로 놔두었다가는 하나라의 걸왕처럼 되고 말겠다는 걱정이 들었다.

거듭되는 충언이 통하지 않자 이윤은 대신들과 상의하여 태갑을 탕왕의 능묘 부근인 동궁, 지금의 하남성 언사현 서남에 연금시켜 잘못을 뉘우치게 했다.

어느덧 3년이 지났다. 태갑은 자신의 잘못을 깊이 뉘우쳐 검소하게 생활하는 등 예전과는 전혀 다른 사람이 되어 있었다.

 그림과 함께 보는 재미있는 고전 27가지

　　이에 몹시 기뻐한 이윤은 직접 왕관과 용포를 가지고 동궁으로 가서 태갑을 만나 수도인 호, 지금 하남성 상구시로 모셔와 다시 왕위에 앉혔다.

태갑을 도성으로 모시는 이윤

태갑이 상나라를 다스리는 동안 줄곧 국력이 왕성하였다.
그가 죽자 그의 아들 옥정이 왕위를 물려받았다. 이때 이윤
의 나이 백세였다. 이윤이 백세의 나이로 죽은 뒤에도 후세
사람들이 그의 공덕을 높이 칭찬하였다.

해설

이윤이 태갑을 연금한 것은 태갑을 고생시키기 위해서도
아니고 왕위를 빼앗기 위한 것은 더욱 아니었다. 다만 태갑이
잘못을 뉘우치고 새사람이 되기를 바랄 뿐이었다. 3년 뒤 태
갑이 새사람이 되었을 뿐 아니라 상나라를 더욱 발전시키니
이윤은 적은 노력으로 나라를 부강하게 한 큰 효과를 거둔사
반공배의 공을 이룬 것이다.

2. 인재를 소중히 여긴 주공

　주공은 주문왕의 아들이며 주무왕의 동생이다.

　주공은 어렸을 때부터 효심도 두텁고 자애심도 깊어 아버지 문왕이 살아 있을 때부터 다른 형제들 속에서도 두드러져 보였다.

　장성한 뒤 무왕을 도와 주나라를 토벌하는 과정에서 큰 공을 세운 주공에게 무왕은 노지, 지금의 산동성 곡부시를 봉토로 주었다. 하지만 주공은 자신의 영지로 가지 않고 자기 아들 백금을 보내 다스리게 했다. 그리고 자신은 주나라 도

●●● 감던 머리를 움켜쥐고 긴급한 일을 처리하러 나서는 주공

읍에 머문 채 무왕을 도와 나라를 다스리는 데 힘을 다했다.

하루는 주공이 아들 백금을 불러 이렇게 말했다.

"나는 문왕의 아들이며 무왕의 아우이고 성왕의 숙부이다. 제후들 중에서 귀한 존재로 인식되고 있는 몸이나, 만일 손님이 나를 찾아온다면 머리를 감든가 식사를 하다가도 당장 멈추는 등 결코 예의에 어그러짐이 없도록 노력하고 있다. 그러면서도 한편 내가 부족한 점이 없는지, 우수한 인재를 놓치고 있지는 않은지 걱정하고 있다. 너도 노나라에 가면 비록 나라를 다스린다 하여도 결코 교만한 티를 내서는 안 된다는 것을 명심해라."

주 왕조가 건립한 지 2년이 되는 해 무왕이 죽고 그의 아들 성왕이 왕위를 이어받았다. 어린 성왕은 아무것도 몰라 국사를 처리할 수 없었다. 당시 사회질서가 안정되지 않았고 또한 정권이 불안정한 상황에서 이웃 제후국과 상나라 귀족들이 기회를 틈타 반란을 일으킬 우려가 있었다. 이런 위험한 상황에서 주공은 어린 성왕을 보필하면서 천자를 대신하여 정사를 다스렸다. 주공은 진심으로 성왕을 보필했지만

● ● ● 주공은 인재를 아끼고 어진 사람을 예의와 겸손으로대하였다

동생인 관숙과 채숙은 그가 왕위를 찬탈하려 한다는 터무니
없는 의심을 품고 요사스러운 말을 퍼뜨렸다. 이때 상나라
주왕의 아들 무경은 주나라 조정이 화평하지 못함을 알고
직접 관숙·채숙과 공모하여 반란을 일으켰다.

　주공은 무경과 관숙 등이 퍼뜨린 유언비어를 듣자 곧 군사
를 이끌고 무경의 군대를 진압하러 갔다. 3년간의 힘든 싸움
끝에 반란을 평정하고 무경을 잡아 죽였다.

　이윽고 성왕이 스스로 정사를 돌볼 수 있는 나이가 되자
주공은 당장 성왕에게 정권을 돌려주었고 그로부터 성왕은
문무백관을 거느린 명실상부한 왕이 되었다. 주공은 다시
신하의 자리로 내려가서 신하의 예절을 갖춰 왕을 섬겼다.

　주공이 성왕을 보필하며 대신 정사를 돌본 7년 동안 법률
과 제도를 정비하였을 뿐만 아니라 조정을 안정시켜 나라의
근본을 굳건하게 하였다. 성왕이 20세가 되자 주공은 모든
권력을 넘겨주었다. 이때가 바로 주나라가 가장 강성하고
통일된 시기였다.

 그림과 함께 보는 재미있는 고전 27가지

　주공이 인재를 사랑하고 존중하면서 뛰어난 인재를 널리 등용하였기에 주나라는 통치가 안정되고 강성해질 수 있었다. 인재를 예의와 겸손으로 대하는 주공의 예현하사 정신으로 많은 인재가 배출될 수 있었고, 그의 정신은 지금까지도 큰 영향을 주고 있다.

3. 귀를 막고 방울을
훔치는 것처럼

　주나라 제10대 국왕인 주여왕은 잔혹하기 이를 데 없었다.

　주나라 초기에는 국민들이 누구나 마음대로 산에 들어가서 열매를 따고 땔감을 구했으며 심지어 사냥도 할 수 있었다. 강이나 호수에서도 마음대로 물고기를 잡을 수 있었다. 사람들은 이런 생산 활동으로 생활에 필요한 양식이나 땔감을 보충할 수 있었다.

　그러나 주여왕은 간신 영이공의 말만 듣고 그때까지 여

●●● 주여왕의 폭정과 사병들의
감시 때문에 길에서 친구를
만나도 아는 체를 할 수 없었다

러 사람들이 공동으로 사용하던 산림과 강·호수는 물론 귀족들에게 나누어주었던 것까지 모두 빼앗아 국유지로 만들고 백성들이 사용하는 것을 엄금했다. 영이공은 군대를 풀어 길목마다 관문을 만들어 보초를 세웠으며, 백성들이 산에 들어가 사냥을 하거나 과일을 따는 것을 금하고 강이나 호수에서 고기잡이를 하는 것도 금지했다.

보초들은 행인들을 검문하여 과일이나 사냥감을 발견하면 다짜고짜 빼앗고 다른 재물도 마음대로 빼앗았다. 그래서 평민은 물론 귀족이나 대신들조차 그들의 횡포에서 자유롭지 못했다. 백성들 중 누구 하나 주여왕의 폭정에 대해 반감을 가지지 않은 이가 없었다.

주여왕은 크고 작은 일을 모두 자기 마음 내키는 대로 했으며 반항의 싹을 뿌리 뽑기 위해 잔혹한 형벌을 가해 백성들의 원성이 극에 달했다.

하루는 대신 소공이 주여왕에게 말하기를, '지금 백성들이 도처에 모여 조정에 대한 불만을 토로하며 원성이 자자하니 지금의 법을 조속히 고치자' 고 청했다. 그러나 주여왕은 그

● ● ● 도망치는 주여왕을
추격하는 분노한 백성들

말을 듣지 않았을 뿐만 아니라 도리어 국민들이 조정을 비난하는 것을 금한다는 엄명을 내리고 조정을 비난한 사람들을 잡아다가 목을 베었다. 공포에 사로잡힌 백성들은 말도 제대로 하지 못했으며 길에서 마주치더라도 서로 눈짓으로나 겨우 인사를 할 뿐이었다.

이렇게 공포의 순간이 4년이나 흘러 기원전 841년에 이르러 백성들은 더 이상 참을 수 없어 주여왕을 반대하는 대규모의 폭동을 일으켰다. 역사상 이 폭동을 '국민폭동' 이라고 한다. 폭동에 참가한 사람들 중에는 평민은 물론 귀족들도 있었다. 그들은 무기뿐 아니라 낫·호미 등 농기구를 들고 왕궁으로 쳐들어갔다. 겁에 질린 왕궁 경호원들은 뿔뿔이 흩어졌고 주여왕도 시종들을 데리고 허둥지둥 도망쳤다.

주여왕이 달아나자 조정에는 국왕이 없었다. 백성들은 대신 주공과 소공을 옹립하여 천자 대행으로 국정을 다스리게 했다. 역사상 이를 '공화정' 이라고 한다. 기원전 841년은 중국 역사에서 연대가 확실한 첫 해였다.

주여왕은 그해부터 공화 14년까지 체에 숨어서 돌아오지

못하다 끝내 그곳에서 죽었다.

'국민폭동'은 주나라 왕조의 권위를 뿌리부터 뒤흔들었다. 치명적인 타격을 받은 주나라 왕실의 세력은 크게 약화되었고 주여왕의 아들 정이 왕위에 올라 선왕이 되었지만 이때부터 주나라 왕실은 쇠락의 길을 걸었다.

'언론 봉쇄'는 일종의 정치적 도피이다. 언론의 봉쇄는 귀를 막고 방울을 훔치는 것과 같다. 듣지 않고 말하지 않는다 하여 사건이 발생하지 않는다고 여기는 것은 어리석은 사고 방식이다. 언론을 봉쇄하면 할수록 형세는 더욱 심각해지기 마련이다. 일단 폭발하는 날이면 거센 홍수처럼 몰려와 어리석은 정책을 집행하는 자들을 삼켜버리게 된다.

4. 거짓 봉화로
신의를 잃다

주유왕은 서주의 마지막 왕이다. 주유왕이 즉위한 이듬해에 큰 지진이 일어나 많은 백성들이 목숨을 잃었다. 집과 재산을 잃은 사람들이 헤아릴 수 없이 많아 나라 곳곳에서 인심이 흉흉하였다.

그러나 주유왕은 백성을 구제할 생각은 하지 않고 주색에만 빠져 있었다. 이를 보다 못한 대신 포향이 간곡히 말렸지만 주유왕은 그의 말을 듣기는커녕 오히려 감옥에 가두었다.

봉화를 본 제후들이 허겁지겁 군대를 이끌고 구원하러 왔다

유왕은 여산 아래에서 죽음을 당하고 포사는 잡혀가다

포향이 옥에 갇힌 지 3년이 지나자 그의 가족들은 포향을 구하고자 포사라는 미녀를 주유왕에게 바쳤다. 포사에게 한 눈에 반한 주유왕은 즉시 포향을 놓아주었고 그날부터 정사는 돌보지 않고 후궁에서 포사를 껴안고 밤낮으로 마시고 놀았다.

그런데 포사는 웃음이 없었다. 주유왕이 그녀의 웃음을 보려고 별의별 방법을 다 써보았지만 아무 소용이 없었다.

그러던 어느 날 주유왕은 대신을 시켜 궁문 밖에다 벽보를 내붙였다. 왕비 포사를 웃게 하면 금 1천 냥을 상으로 준다는 내용이었다. 그러자 간신 괵석부가 봉화로 제후들을 불러오는 장난을 치면 포사의 웃음을 볼 수 있을 것이라고 주유왕에게 말했다. '봉화'란 외적이 쳐들어오면 연기를 피워 올려 위급한 상황을 알리는 신호다.

이튿날 주유왕은 즐거운 마음으로 포사를 데리고 여산에 올랐다. 낮에는 마시고 놀다가 저녁이 되자 병사들을 시켜 봉화대에 불을 붙였다. 봉화가 오르는 것을 본 인근의 제후국들은 외적이 쳐들어오는 줄 알고 즉시 군대를 이끌고 구원하러 왔다. 그런데 여산에 와 보니 외적이라고는 그림자도 보이지 않고 풍악소리만 흥겹게 들리는 것이 아닌가. 그때 괵석부가 산에서 내려오면서 말했다.

"수고들 했소. 그런데 여기는 별일 없소. 대왕님과 왕비님이 봉화를 올리며 노시고 계실 뿐이니 모두들 안심하고 돌아들 가시오."

먼데서 부랴부랴 달려온 제후들은 그 말을 듣고 머리끝까지 화가 났다. "이런 법이 어디 있는가?" 제후들은 투덜거리며 돌아갔다.

봉화의 환한 불빛 아래 성이 나서 돌아가는 제후들의 한심한 꼴을 내려다보던 포사는 자기도 모르게 한 번 피식 웃었다. 포사가 웃는 것을 본 주유왕은 너무도 기뻐서 입을 다물지 못했고 즉시 괵석부에게 금 1천 냥을 상으로 내주었다.

포사한테 더욱 반한 주유왕은 제정신이 아니었다. 그는 자기의 아들 의구를 평민으로 강등시키고 포사의 어린 아들 백복을 태자로 세웠다.

나중에 서융의 군대가 진짜로 쳐들어왔다. 황급해진 주유

 그림과 함께 보는 재미있는 고전 27가지

왕은 봉화를 올려 제후들에게 구원을 청했다. 하지만 모욕당한 제후들은 주유왕의 폭정에 불만이 가득해 누구하나 구원병을 보내지 않았다.

주나라 도읍 호경으로 쳐들어온 서융의 군사들은 주유왕과 백복을 잡아 죽이고 경국지색인 포사를 잡아갔다.

주유왕이 죽은 다음 제후국들은 주유왕의 어린 아들 의구를 왕위에 올렸다. 그가 바로 평왕이다. 평왕이 도성인 호경에 돌아와 보니 호경은 이미 서융 군사들의 만행으로 폐허가 되어 있었다.

기원전 770년에 도성을 동쪽에 있는 낙읍, 지금의 하남성 낙양시로 옮겼다. 역사상 주나라 도성이 호경에 있던 시기를 '서주'라 하고 도성을 낙읍으로 옮긴 뒤부터는 '동주'라고 불렀다.

신의는 인간이 갖추어야 할 덕목 중의 으뜸이다. 신의를 잃은 대가는 그 어떤 우환보다도 심하다. 주유왕이 봉화로 장난쳐 제후들로부터 신의를 잃었는데 어찌 패망하지 않을 수 있겠는가. 그러므로 사람이 되려면 반드시 신용이 있어야 한다.

5. 큰일을 하려면 도량이 넓어야 한다

춘추시대 '춘추오패' 가운데 으뜸은 제나라 환공이었다.

기원전 686년, 제나라의 내란으로 왕인 양공이 죽었다. 양공에게는 아들 둘이 있었는데 둘 다 나라 밖에 있었다. 공자 규는 노나라, 지금의 산동성 곡부에 있었고, 다른 한 공자 소백은 거나라, 지금의 산동성 거현에 있었다. 그들 곁에는 유능한 보좌관이 있었는데 공자 규를 보좌하는 이는 관중이었고 공자 소백을 보좌하는 이는 포숙아였다

두 공자는 아버지가 사망했다는 소식을 듣자마자 왕위를

차지하기 위해 서둘러 제나라로 돌아갈 준비를 하였다.

　노나라 왕 장공은 직접 공자 규를 제나라까지 호위하기로

결정했다. 그러자 관중이 장공에게 말했다.

　"공자 소백은 제나라와 아주 가까운 거나라에 있습니다.

그가 먼저 제나라로 가면 일을 그르칠 것입니다. 제가 군사를 이끌고 가서 그 앞길을 막겠습니다.”

관중의 예상이 맞았다. 거나라의 호위를 받은 소백은 제나라를 눈앞에 두고 있었다. 관중은 소백의 행렬을 가로막고 소백에게 화살을 쏘았다. 화살을 맞은 소백은 비명을 지르며 수레에 쓰러졌다.

소백이 죽었다고 생각한 관중은 공자 규를 모시고 천천히 제나라로 향했다.

하지만 관중의 화살은 소백의 가슴이 아니라 허리띠의 고리를 맞았다. 꾀 많은 소백이 일부러 비명을 지르며 쓰러져 죽은 척한 것이다. 그렇게 관중 일행을 따돌린 소백과 포숙아는 규와 관중이 제나라 국경에 들어섰을 때 이미 도성인 임치로 들어갔다. 이렇게 해서 소백이 제나라 왕이 되었는데 그가 바로 환공이다.

환공은 즉위하자마자 자신을 죽이려 한 원수를 갚으려고 노나라를 공격했다. 그리고 장공을 협박해서 규를 죽이고 관중을 제나라로 압송하라고 명했다.

관중과 늘 정사를 의논한 제환공

죄인이 되어 수레에 실린 관중이 제나라로 압송되어 오자 포숙아는 환공에게 관중을 살려주라고 청했다. 관중은 재능이 비범한 얻기 힘든 인재이므로 살려두면 환공을 위해 큰일을 할 것이라고 설득했다.

환공은 도량이 넓은 사람이었다. 포숙아의 청을 받아들여 관중의 죄를 묻지 않았다. 한 발 더 나아가 관중을 승상으로 등용하여 나라의 정사를 맡겼다.

승상이 된 관중은 환공을 도와 정치를 안정시키고 철광을 비롯한 자원을 개발하고 농경기술을 발전시켰다. 바닷물을 이용해 대량의 소금을 만들었으며 백성들이 물고기를 많이 잡도록 어업을 장려했다. 바다와 멀리 떨어져 있는 제후국들은 소금과 물고기를 사러 제나라를 찾았다. 이로써 제나라는 나날이 강해져 몇 년 지나지 않아 제환공은 춘추오패의 으뜸이 되는 패자가 되었다.

큰일을 하려면 도량이 넓어야 한다. 과거의 일에 구애받지 말고 자기에게 유용하다면 거리낌 없이 받아들여야 한다. 만약 제환공이 복수를 위해 관중을 죽여 버렸다면 패자가 될 수 있는 기회를 잃었을 것이다. 그리고 또 왕으로서 신하의 간언을 잘 채택한 것 역시 제환공의 성공 요인이라고 할 것이다.

6. 평민이 전쟁을 논하다

  제환공이 즉위한 이듬해인 기원전 685년 봄, 환공은 천하
의 패권을 얻기 위해 관중의 말도 듣지 않고 군대를 동원해
노나라를 공격했다.

  노나라 장공은 제나라의 행패를 더 이상 참을 수 없었다.
이를 악물고 결사항전하기로 결심했다. 이때 노나라의 평민
인 조귀가 장공을 찾아와 제나라의 침공을 막는 싸움에 넣어
달라고 간청했다. 장공은 그의 청을 기꺼이 들어주고 제나라
를 막을 방책을 물어보았다.

그러자 조귀가 되물었다.

"임금님께서는 제나라군을 무엇으로 막으려 하십니까?"

장공은 여차저차해서 막으려고 한다고 대답했다. 조귀는 그 대답에 만족스러워했다. 이에 장공은 무슨 생각을 하더니 이렇게 말을 보탰다.

"백성들의 소송을 모두 정확하게 처리해 준다고는 장담하지 못하겠지만 합리적으로 처리하도록 최선을 다하려고 하네."

"그런 일만으로도 민심을 얻게 되는 것입니다. 이제 보니 제나라와 충분히 싸울 수 있겠습니다."

조귀는 이렇게 말하고 나서 자기도 장공을 따라 전쟁에 나가겠다고 하였다.

두 나라 군대는 장작, 지금의 산동성 곡부 북쪽에 진을 치고 대치하고 있었다. 제나라군은 군사가 많은 것을 믿고 먼저 북을 울리며 진격했다. 장공이 즉시 군사를 지휘하여 반격하려고 했을 때 조귀가 '서두르지 말고 조금 더 기다려야 합니다' 하고 장공을 말렸다.

● ● ● 노장공과 함께 병마차를 타고 출정한 조귀

제나라군의 두 번째 북소리가 울렸다. 그래도 조귀는 아직 때가 안 되었으니 군사를 출동시키지 말라고 했다. 제나라군이 진격해 오는 것을 본 노나라 병사들은 왕의 출동 명령이 한시바삐 떨어지기를 초조하게 기다렸다.

노나라군이 움직이지 않는 것을 본 제나라군은 세 번째 북을 쳤다. 그래도 노나라군은 움직이지 않았다. 제나라군은 적이 겁을 먹고 진격하지 못하는 것으로 알고 기뻐하면서 진격해왔다.

이때 조귀가 장공에게 말했다.

"반격할 때가 되었습니다."

노나라 진영에서 반격의 북소리가 울렸다. 병사들은 성난 호랑이처럼 산 아래로 쏟아져 내려갔다. 노나라군이 용맹하게 반격할 줄 꿈에도 생각하지 못했던 제나라군은 불시의 반격을 막아낼 수 없어서 뿔뿔이 흩어져 도망쳤다.

노나라 군대는 대승을 올렸다. 장공은 조귀의 침착한 군사 지휘에 탄복했다. 어떻게 그런 큰 승리를 거둘 수 있었는지 영문을 알 수 없었다. 궁으로 돌아온 장공은 먼저 조귀를 칭

조귀는 차에서 내려 제나라 전차의
바퀴자국을 자세히 관찰하고 있다

찬하고 나서 이렇게 물었다.

"제나라군이 처음 북을 울리며 진격할 때 왜 반격을 하지 못하게 했는지 난 아직도 그 까닭을 모르겠네."

"전쟁이란 군사들의 사기로 싸우는 것입니다. 상대방이 첫 번째로 북을 올릴 때가 가장 사기가 높을 때지요. 그리고 두 번째로 북을 울릴 때는 사기가 좀 낮아지고 세 번째로 북을 울릴 때는 이미 사기가 해이해졌을 때입니다. 이때 우리 군사들은 오히려 사기가 부쩍 올라 싸우지 못해 안달인 상태이지요. 그럴 때 진격의 북을 울리면 승리하지 못할 까닭이 있겠습니까."

그리고 장공은 또 조귀에게 물었다.

"왜 즉시 추격 못하게 했는가?"

"비록 제나라군이 패배하여 도망치지만 제나라는 대국이고 병력도 많습니다. 만일 그들이 고의적으로 후퇴하면서 매복을 두었다면 그 얼마나 위험한 일입니까? 제가 수레에서 내려 땅바닥을 보니 지나간 수레바퀴 자리가 난잡하고 깃발이 어지러이 버려져 있었습니다. 그것을 보고서야 제나

라 군이 정말로 도망쳤다는 것을 믿게 되어 장공께서 명령을
내려 추격하게 한 것입니다."

　조귀의 말에 장공은 크게 감동하였고 조귀의 전략이 대단
함을 깨닫게 되었다.

　그 전쟁에서 제나라는 크게 패했고 노나라는 조귀의 지휘
하에 제나라의 침공을 물리쳐 나라의 안정을 되찾을 수 있
었다.

해설

　조귀는 적들의 사나운 기세를 피하고 아군의 사기를 길러
적의 사기가 해이해졌을 때 돌발적으로 반격을 가해 승리를
얻게 했다. 무슨 일을 성사시키려면 반드시 정력이 왕성할 때
힘을 집중시켜 단번에 완성시켜야 한다. 질질 끌고 게을리 해
서는 안된다.

7. 양가죽으로
현명한 신하를 얻다

진목공은 춘추시대 진나라의 군주로서 춘추오패의 하나였
다. 덕과 재능을 겸비하고 정치적 안목이 뛰어났던 목공은
인재를 발견하고 등용하는 것을 매우 중시했다.

진목공 4년에 목공은 진나라 공주 백희를 맞이했는데, 그
가 바로 진나라의 태자 신생의 누이였다.

진목공 5년, 진나라의 헌공은 곽과 우 두 나라를 함락하고
우군과 그의 대부 백리혜를 사로잡아갔다.

그런데 진나라는 백리혜를 진목공에게 시집간 백희의 노

우군과 백리혜를 잡아가는 진나라

예로 보냈다. 백리혜는 진나라로 가는 도중에 도망쳐 초나라
로 피했으나 그곳에서 억류당하였다.

　진목공은 전부터 백리혜의 재능이 뛰어남을 알고 있는 터
라 그를 데려올 궁리를 했다. 목공은 많은 돈을 써도 아깝지
않았지만 일개 노예에 불과한 백리혜에게 지나친 몸값을 지
불하면 오히려 초나라 사람들이 의심할까 두려웠다. 그래서

백리혜에 반해 사흘이나 함께 국사를 담론한 진목공

한 가지 방법을 강구해서 초나라에 사자를 보내 이렇게 요구했다.

"하인 백리혜가 초나라 땅에 억류되어 있다고 들었습니다. 다섯 마리의 검은 암양 가죽을 줄 테니 그를 넘겨주기 바랍니다."

초나라에서는 일개 노예 때문에 강대국인 진나라와 척질 필요는 없다고 생각해서 기꺼이 그 조건을 받아들였다.

이때 백리혜의 나이는 이미 70여 세였다. 진목공은 그를 노예 신분에서 해방시켜준 뒤에 국사를 의논하는 데 기용하려 했다. 하지만 백리혜는 거절했다.

"저는 망국의 신하로서 결코 그런 자격이 없습니다."

목공은 완강하게 거절하는 백리혜를 끈질기게 설득하였다. 사흘이나 서로 이야기를 나누면서 백리혜의 재능에 더욱 탄복한 진목공은 어떻게 해서라도 그에게 국정을 맡겨야겠다고 생각했다.

백리혜는 겸손하게 자기 대신 다른 사람을 천거했다.

"제가 아는 사람 가운데 건숙이라는 사람이 있습니다. 그

는 제가 감히 따르지 못할 기량을 지닌 인물입니다만 아직
재능이 알려지지 않았습니다. 제가 옛날에 제나라를 편력할
때 매우 궁핍하여 걸식하는 몸이나 다름없었는데도 저를 도
와주었습니다. 그 뒤 제가 제군 무지를 받들려고 하자 그가
말렸습니다. 그 덕분에 저는 제나라의 내란에 휘말리지 않을
수 있었습니다. 뒤에 주나라에 가서 왕자의 소라도 치면서
그에게 봉사하고자 했습니다. 그때 건숙이 또다시 저를 말렸
습니다. 그 덕분에 저는 주나라를 떠나 죽음을 면했습니다.
이렇게 두 번이나 건숙의 의견을 따랐기 때문에 화를 면했지
만, 최후에는 그의 의견을 따르지 않은 탓으로 이렇듯 우군
의 사건에 말려든 것입니다. 이상 말씀 올린 것만으로도 그
가 어떤 인물인지 아실 줄 믿습니다.”

　그러자 진목공은 당장 사자를 보내 건숙에게 후한 선물을
하고 모셔오게 하여 상대부에 임명했다.

　이렇게 진목공은 단번에 백리혜와 건숙과 같은 현명한 인
재를 얻어 그들의 보좌로 진나라를 부강하게 하였다.

　진목공은 인재를 갈구하는 사람이기에 출신 성분을 가리지 않고 오직 능력만을 중시하여 등용하였다. 이렇게 재능을 중시하는 기풍 덕에 많은 인재를 불러 모아 진나라를 강성하게 하는 기틀을 마련하였다. 이처럼 국가와 사회의 흥망성쇠는 인재를 발굴하고 등용하는 것에 좌우된다고 하겠다.

8. 대붕이 된 장왕

기원전 611년, 초나라 목왕이 서거하자 그의 아들 장왕이 왕위를 이었다.

장왕은 즉위한 지 3년 동안 나랏일은 돌보지 않고 밤낮없이 놀기만 했다. 뿐만 아니라 다음과 같은 명령을 내렸다.

"간언(임금에게 충고하는 말)을 하는 자는 사형에 처하리라."

그러나 간언하는 신하가 있었다. 제일 먼저 오거가 장왕에게 간언했다.

장왕은 왼팔에 정나라 미희를, 오른팔에는 월나라 미인을

안고 악사들에게 둘러싸인 채 오거를 맞이했다.

　"수수께끼 하나 풀어보십시오."

　오거가 입을 떼었다.

　"말해 보라."

죽음을 각오하고 장왕에게 간언하는 소종

“언덕 위에 새 한 마리가 있습니다. 3년 동안이나 날지도 않습니다. 이 새는 무슨 새입니까?”

“3년을 날지 않았어도 단숨에 하늘 꼭대기에 이를 것이며 3년을 울지 않아도 한 번 울기 시작하면 세상을 놀라게 할 것이다. 그대가 이야기하고자 하는 것은 나도 잘 알고 있다. 그만 물러가거라.”

그로부터 수개월간 장왕의 횡포는 더욱 심해져서 음란함이 극에 달했다.

이번에는 대부 소종이 나섰다.

장왕은 소종에게 말했다.

“간언하는 자는 참형에 처한다는 포고를 한 바 있다. 알고 있겠지?”

“군주께서 제정신을 되찾으실 수 있다면 이 한 몸 죽음을 당한들 무슨 여한이 있겠습니까.”

이에 발끈한 장왕은 대검을 뽑아 소종의 가슴을 겨누었다. 그러나 소종은 낯빛 하나 변하지 않고 결연하게 말했다.

“그 어명은 소인도 잘 압니다. 나라 정사가 이 지경에 이르렀는데 살아 있은들 무슨 의미가 있겠습니까. 이렇게 살 바에는 차라리 죽는 것이 나으니 어차피 죽을 바에야 대왕의 칼에 죽기를 원합니다.”

그러면서 소종은 조금도 굴하지 않은 눈빛으로 장왕을 쳐다보았다. 장왕도 눈을 부릅뜨고 소종을 한동안 노려보았다. 그러다 장왕은 갑자기 대검을 칼집으로 거두고 소종의 어깨를 와락 껴안았다.

“경이야말로 과인이 찾는 나라의 기둥일세.”

장왕은 즉시 악사들과 무희들을 몰아내고 소종과 무릎을 맞대고 앉아 나라 일을 의논했다.

그제야 소종은 장왕이 그동안 왜 그토록 무능한 왕처럼 행동했는지 알 수 있었다. 당시에는 간신들이 권력을 쥐고 있어서 나라가 어지러웠고 세력 있는 자들에게 끼어 있는 자들 또한 많아서 누가 간신이고 누가 충신인지 분간하기가 극히 어려웠다. 그래서 장왕이 일부러 그런 행동을 함으로써 간신과 충신을 가려내고 그런 다음에야 충신들과 더불어 조정을 바로잡으려 했던 것이다.

다음날 장왕은 문무백관을 모아놓고 조정 대신들에 대한 전면적인 인사 쇄신을 감행하여 나라의 기강을 바로잡았다. 이때부터 초장왕은 초나라를 23년이나 통치하면서 끝내 중원의 패자가 되었다.

해실

큰일을 하려면 초나라 장왕처럼 패기와 수단이 있어야 한다. 암중에 힘을 모아 기회가 성숙되면 '세상 사람들을 놀라게 하는 대붕'이 되는 것이다. 공자는 '초나라 장왕이야말로 훌륭한 인물이다. 나라 하나를 얻는 것보다는 자신의 말 한마디를 한결 소중하게 생각했으니'라고 말했다.

9. 말한대로 실천한 손무

손무는 제나라 출신이다. 기원전 512년, 손무가 병법에
통달했다는 소문이 널리 퍼져 오나라 왕 합려가 그를 초청
했다. 합려는 손무에게 말했다.

"그대가 지은 병서 13편은 전부 읽었소. 어디 여기서 한
번 시험 삼아 병사들을 훈련하는 것을 보여줄 수 있겠소?"

"그렇게 하지요."

"여인들을 데리고도 병사들처럼 할 수 있겠소?"

"할 수 있습니다."

손무의 지휘에 아랑곳하지 않는 궁녀들

　이리하여 궁중의 미녀 180명을 모아 훈련을 시켜보기로 하였다. 손무는 먼저 2개 부대로 나누고 왕이 가장 사랑하는 후궁 두 사람을 각각 대장으로 삼았다. 부대 편제를 마치고 나자 전원에게 창을 들게 하고는 말했다.

　"어떤가. 자신의 가슴, 왼손, 오른손, 등을 알고 있는가?"

　궁녀들이 모두 알고 있다고 하자 손무는 계속해서 말했다.

　"그러면 앞이라고 하면 가슴을 보라. 마찬가지로 왼쪽이라고 하면 왼손, 오른쪽이라고 하면 오른손, 뒤라고 하면 등 쪽을 보아라. 알겠는가?"

　"예!"

　명령을 여인들에게 상세하게 설명한 손무는 형벌용으로 쓰이는 큰 도끼를 끄집어냈다. 또한 자기의 명령이 전원에게 잘 전달되도록 설명을 되풀이했다. 그런데 막상 북을 치고, '오른쪽' 이라고 하자 여인들은 킥킥거리며 웃을 뿐이었다.

　"내 명령이 나빴던 모양이다. 미안하다."

손무는 이렇게 사과하고는 전과 같이 명령에 대한 설명을 몇 번이고 되풀이했다.

그런데 또다시 북을 울리고 ‘왼쪽’ 이라고 하자 여인들은 또 킥킥거리고 웃을 뿐이었다.

손무는 북을 거두고 엄숙하게 말했다.

“아까는 명령을 잘 설명하지 못한 내 잘못이었지만 이번에는 다르다. 명령이 무엇을 뜻하는지 전원이 잘 알았을 것이다. 그런데도 명령대로 움직이지 않는 것은 부대를 지휘하는 대장의 책임이다.”

손무는 형벌을 집행하는 큰 도끼를 손에 들고 두 대장을 당장 처형하려고 했다. 누각 위에서 손무와 궁녀들의 병정놀이를 구경하고 있던 오왕은 자신이 가장 사랑하는 총희가 죽게 된 것을 보고 크게 당황했다. 당장 시종을 보내 말했다.

“그대가 병사를 훈련시키는 훌륭한 솜씨는 잘 보았소. 그 두 여인이 없으면 나는 밥이 제대로 목에 넘어가지 않는다오. 부디 죽이지는 말아주시오.”

그러나 손무는 '이 부대의 지휘관은 저입니다. 장수가 군에 있을 적에는 임금의 명령이라도 받아들일 수 없을 때가 있습니다' 이렇게 말하고는 용서 없이 두 대장을 베어버렸

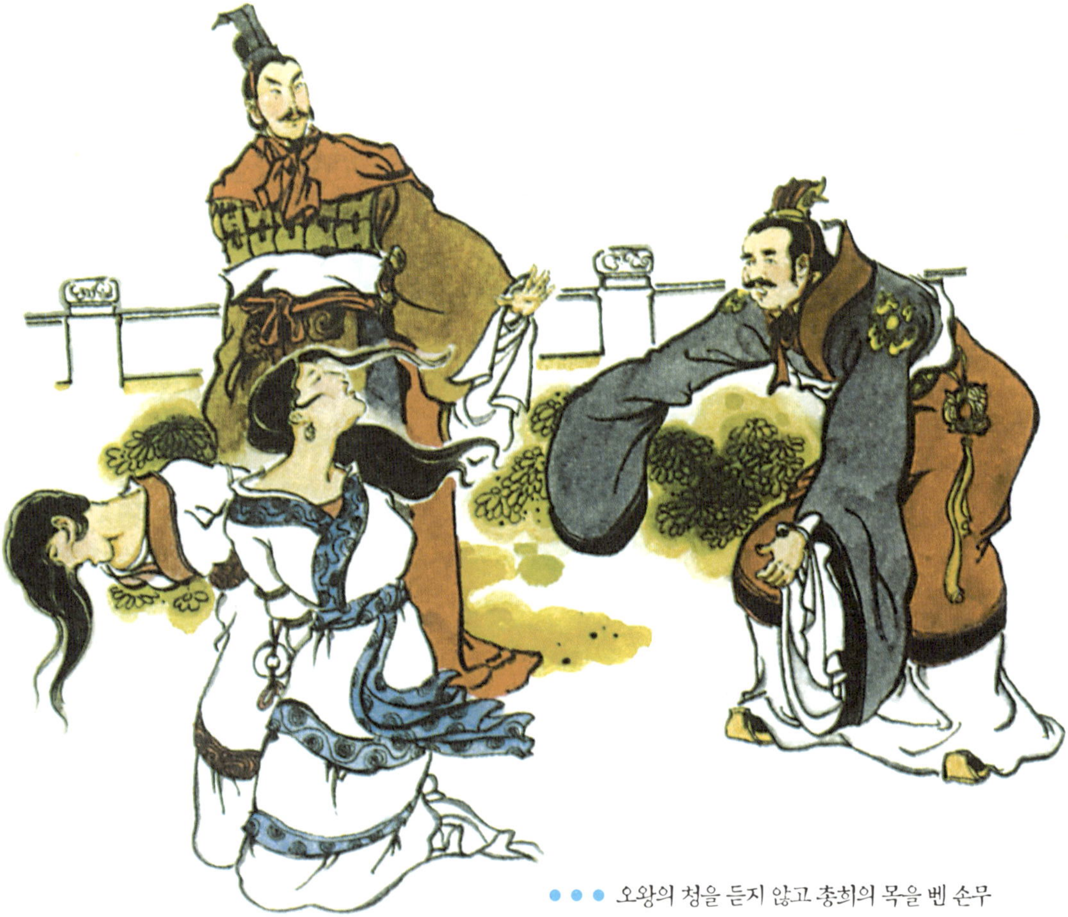

●●● 오왕의 청을 듣지 않고 총희의 목을 벤 손무

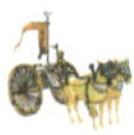

다. 그리고 총희 다음가는 미인 두 사람을 후임 대장으로
삼았다.

그런 뒤 새로이 북을 치고 명령을 내리자 궁녀들은 바짝
긴장하여 왼쪽, 오른쪽, 앞, 뒤, 무릎 꿇기 등 명령대로 움
직이기를 한 몸같이 하였다. 모두가 질서정연하여 누구 한
사람 작은 소리 하나 내지 않았다.

손무는 왕에게 전령을 보내 보고했다.

"부대의 훈련을 마쳤습니다. 이리로 오셔서 시험해 보십시
오. 임금님께서 명령만 내리신다면 불속이건 물속이건 바로
뛰어들 것입니다."

하지만 사랑하는 두 총희의 죽음에 충격을 받은 오왕은
이렇게 전했다.

"아니 그럴 필요 없소. 그대는 숙소에 돌아가 쉬도록 하
시오."

그러자 손무는 따끔하게 오왕에게 충고했다.

"아마 임금님께서는 병법의 이론만을 잘 아실 뿐 실천은
못하시는 것 같군요."

이리하여 오왕은 손무가 용병에 뛰어남을 인정하지 않을 수 없어 그를 장군으로 발탁하였다.

오나라는 그 뒤 서쪽으로는 초나라를 쳐서 초나라의 서울 영으로 들어가고 북쪽으로는 제나라와 진나라를 위협하여 제후들 사이에 위세를 떨쳤다. 이 모든 것은 어디까지나 손무의 뛰어난 용병술 덕분이었다.

강한 부대를 만들기 위해서는 신중한 태도와 엄격하고 공정한 규율, 그리고 엄격한 지휘자가 필요하다. 훌륭한 지도자가 되는 것도 이와 마찬가지다. 말을 했으면 말한 대로 행동에 옮겨야 하며, 과단성과 굳센 결의를 가지고 절대로 대충 해서는 안 된다. 그렇게 해야 남들이 믿고 따르며 복종할 수 있다.

10. 지사

　춘추 후기 장강 중하류 지역의 월나라와 오나라가 서로 싸우기 시작했다. 기원전 496년, 오나라가 대패하고 오나라 왕 합려는 화살에 맞아 중상을 입었다. 합려는 죽어가면서 손자 부차에게 월나라의 원수를 절대 잊지 말라고 당부했다. 왕이 된 부차는 기필코 월나라를 패망시켜 할아버지의 원수를 갚겠다고 결심했다.

　복수를 하기 위해 부차가 밤낮으로 군사를 훈련한다는 소식을 들은 월나라 왕 구천이 이듬해에 먼저 공격해 왔다. 이

● ● ● 절망한 월왕 구천을 설득하는 대신 문종

전쟁에서는 치열한 전투 끝에 월나라군이 크게 패했다. 회계산, 지금의 절강성 소흥시 남쪽으로 도망친 구천은 오나라 군대에 겹겹이 포위당했다.

　살 가망이 없다고 생각한 구천은 최후의 결전을 벌이고자 했다. 그때 대신 문종과 범여가 무모한 결전은 오로지 죽음뿐이니 차라리 오나라 백비에게 뇌물을 줘서 살 길을 찾자고 왕을 설득했다.

　구천은 대신들의 계책대로 백비에게 몰래 미녀들과 금은 보화를 보냈다. 탐욕스러운 백비는 뇌물을 받자 매우 기뻐했으며 부차에게 월나라 구천을 살려주라고 권했다. 부차는 오자서의 반대에도 불구하고 구천을 살려주기로 했다. 다만 구천이 오나라에 와서 속죄해야 한다는 조건을 걸었다.

　구천으로서는 부차의 명령을 거부할 길이 없었다. 그는 문종에게 나라를 다스리는 일을 맡기고 오나라로 갔다.

　부차는 할아버지 합려의 능묘 옆에 돌집을 하나 짓고 구천을 가두었다. 죄수 옷을 입히고 말을 먹이는 노역을 시켰다. 부차가 외출할 때는 범여를 밟고 수레를 탔으며 구천에게는

말고삐를 잡게 했다. 구천은 이렇게 2년 동안 오나라에서 별의별 수모와 구박을 받았다.

문종은 다시 백비에게 미녀와 금은보화를 보내 구천을 월나라로 돌려보내도록 부차를 설득해 달라고 부탁했다. 백비의 말이라면 듣지 않는 말이 없던 부차였기에 '구천이 2년이나 진심으로 속죄했으니 돌려보내자'는 백비의 청을 들어주었다.

월나라로 돌아온 구천은 이 원수를 기필코 갚고야 말겠다고 맹세했다. 그는 고기를 먹지 않았으며 거친 무명옷을 입고 잡곡만을 먹었다. 잠도 초가집에서 잤으며 돗자리 대신 섶나무를 펴고 잤다. 식탁 위에는 쓰디쓴 쓸개를 달아놓고 음식을 먹을 때마다 그 쓸개를 핥으면서 '구천아, 회계의 치욕을 잊었단 말이냐' 라고 외치곤 했다. 그는 이런 방법으로 과거의 치욕을 잊지 않도록 스스로를 채찍질했다. 이것이 바로 유명한 '와신상담' 이라는 고사성어가 생긴 유래다.

월나라가 다시 강대해지는 것을 본 오나라 신하인 오자서는 근심이 커졌다.

"구천이 지금 쓸개를 맛보며 국민들과 함께 복수를 벼르고 있습니다."

부차에게 거듭 충고했지만 부차는 그 말을 듣지 않고 오히려 오자서를 멀리했다.

오자서는 거듭 부차에게 간언했다.

"월나라를 멸망시키지 않으면 큰 심복지환을 남겨두는 것인 줄을 왜 모르십니까?"

이 말에 크게 노한 부차는 오자서에게 보검을 내려 자살하

도록 명했다. 구천은 20여 년 동안 처음의 뜻을 잃지 않고
나라를 잘 다스려 국력을 기른 끝에 기원전 473년 오나라로
진격해 오나라를 멸망시켰다.

구천은 실패하였으나 투지를 잃지 않았고 욕심을 부리거나
게으름을 피우지 않았다. 그는 굳게 참고 견디며 흔들리지 않
는 의지력으로 원수를 갚고 치욕을 씻으려 했다. '뜻있는 자
는 반드시 일을 이룬다'는 말처럼 게으름 없이 한 목표를 향
해 노력한다면 반드시 성공할 수 있을 것이다.

 그림과 함께 보는 재미있는 고전 27가지

11. 피의 교훈

　범여는 월왕 구천에게 가장 공로가 많은 모사였다. 하지만 구천이 원수를 갚고 중원의 패자가 된 뒤 부귀는 함께할 수 없고 또 이로 인해서 화가 될 수 있다고 생각하여 편지 한 통을 남겨 놓고 몰래 월나라를 빠져나왔다. 그는 가족과 함께 도나라, 지금의 산동성 정도현 서북쪽으로 옮겼다. 이름도 도주공이라 바꾸고 아들들과 함께 농사와 목축에 힘써 얼마 안 가 큰 부자가 되었다.

　도주공에게는 아들 셋이 있었는데, 둘째 아들이 초나라에서 살인을 한 뒤 붙잡혔다.

"사람을 죽였으니 사형당하는 것이 당연하지만, 부호의 자식이니 보통사람과 달리 손을 쓸 수 있지 않을까?"

도주공 범여는 이렇게 생각했다.

그는 둘째를 구하기 위해 막내아들을 초나라로 보내 석방 운동을 하기로 했다. 그런데 큰아들이 그 일은 꼭 자신이 맡아 하겠다고 나섰다.

"장남은 가독이라 하여 집안의 일을 도맡을 책임이 있습니다. 그런데도 저를 젖혀놓고 막내를 보내는 것은 제가 무능하다고 생각하시기 때문입니다. 만일 꼭 막내를 보내야겠다면 저는 죽고 말겠습니다."

그 소리를 들은 어머니는 놀라서 남편인 범여에게 큰아들을 보내야 한다고 말했다.

범여는 어쩔 수 없이 장남을 보내기로 했다. 초나라에는 옛 친구 장생이 있었기에 편지를 써서 장남에게 당부했다.

"초나라에 닿거든 가지고 간 황금을 장생에게 넘긴 뒤에 일체를 다 맡기도록 해라. 어떤 일이 있어도 거역해서는 안

동생을 구하겠다고 나서는 범여의 장남

된다. 장남은 별도로 수백 금을 가지고 초나라로 갔다. 그는 아버지 말대로 장생을 만나 편지를 전하고 1천 일(무게를 재는 단위로 300g 정도)의 황금을 주었다. 장생은 편지와 황금을 받고 장남에게 말했다.

"초나라에 머물고 있으면 안 되네. 바로 집으로 돌아가게. 설령 아우가 석방되더라도 이유를 캐묻지 말게."

하지만 장남은 장생 모르게 도읍에서 지내며 따로 준비해 간 황금을 초나라 실력자들에게 뿌리고 다녔다.

장생은 비록 가난했지만 청빈하다는 것을 누구나 다 알아서 왕을 비롯한 나라 안 사람들에게 존경을 받고 있었다. 장생은 기회를 보아 궁에 들어가 왕을 만났다.

"별이 움직이는 것이 좋지 않습니다. 우리나라에 재난이 있을 징조입니다."

장생을 전폭적으로 믿는 왕은 장생과 상의했다.

"어찌하면 좋겠소?"

"재난을 방지하기 위해서는 임금님께서 덕을 베푸시는 것이 좋습니다."

"알겠소, 바로 그렇게 하도록 하겠소."

왕은 당장 사자를 시켜 금, 은, 동을 모아둔 나라의 창고를 봉인하게 했다.

장남에게 금을 받은 실력자의 한 사람이 장남을 찾아 귀띔을 해주었다.

"여보게, 곧 나라에 대사면이 있을 예정일세."

대사면이 있다면 자연히 동생이 석방된다. 그렇다면 장생에게 준 막대한 금은 필요 없지 않은가 하고 생각한 장남은 서둘러 장생에게 달려갔다.

"동생은 당신의 힘을 빌리지 않아도 풀려나게 되었어요. 그것 때문에 오늘 여기까지 찾아왔습니다."

장생은 장남의 말뜻을 바로 알아차렸다.

"금은 안에 보관해 두었네. 마음대로 가져가게나."

장남은 재빨리 들어가 금을 가지고 돌아갔다.

장남에게 욕을 당한 장생은 바로 왕궁에 들어가 왕을 만났다.

"세상에는 별스런 소문이 돌고 있습니다. 도나라의 부호인 주공의 아들이 사람을 죽이고 초나라 감옥에 들어와 있습니다. 그런데 주공이 돈을 뿌리면서 중신들에게 석방 공작을 해온 모양입니다. 때문에 이번 대사면은 실지로는 주공의 아들을 살리기 위해 실시되는 것이지 왕께서 특별히 초나라 사람들에게 정을 베푸는 것은 아니라고 말하는 사람들이 있습니다.”

장생의 말을 들은 왕은 노발대발했다.

“아무리 내가 덕이 없기로서니 주공의 아들 하나를 위해 대사면을 베풀 수야 없지.”

왕은 당장 명령을 내려 범여의 둘째 아들을 처형하게 했다.

결국 장남은 동생의 시체만을 거두어 돌아가게 되었다.

장남이 집에 당도하니 어머니와 마을사람들이 한탄하며 슬퍼했으나 범여 홀로 덤덤한 표정이었다.

“이럴 줄 알았다. 저 녀석에게 동생을 위하는 마음이 없었던 것이 아니야. 다만 저 녀석은 어릴 적부터 나와 같이 생활의 어려움을 맛보았기 때문에 좀처럼 돈을 손에서 내놓지 않

는 버릇이 있어. 하지만 막내는 태어날 때 이미 집이 부자였
기 때문에 좋은 혜택을 받고 보란듯이 자라 돈 귀한 줄 모르
고 아무렇게나 쓰지. 내가 막내를 보내려고 한 것은 막내라

면 거기 가서 돈을 아무렇지 않게 쓸 수 있다고 생각했기 때
문이야. 저 녀석은 결국 둘째만 죽이고 말았어. 그러나 그건
제 운수가 그럴 뿐이니 너무 슬퍼하지는 말자.”
  어버이 마음을 자식이 모른다더니 장남은 결국 후회가 막
심했다. 혼자 슬기롭다고 착각해서 빚어진 비극이었다. 장남
은 이 피의 교훈을 잘 새겨두었다.

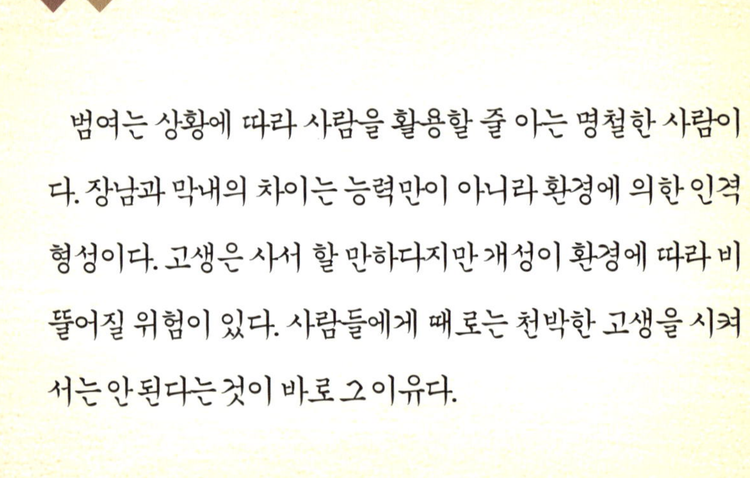

범여는 상황에 따라 사람을 활용할 줄 아는 명철한 사람이
다. 장남과 막내의 차이는 능력만이 아니라 환경에 의한 인격
형성이다. 고생은 사서 할 만하다지만 개성이 환경에 따라 비
뚤어질 위험이 있다. 사람들에게 때로는 천박한 고생을 시켜
서는 안 된다는 것이 바로 그 이유다.

12. 자기를 알아주는 이를 위해 목숨을 바치다

　춘추시대 진나라에 예양이라는 사람이 있었다. 처음에는 진나라의 중신인 범씨와 중행씨를 섬겼지만 별로 중하게 쓰임을 받지는 못했다. 뒤에 지백씨와 인연이 닿자 지백은 예양의 자질을 높이 여겨 잘 대접했다. 하지만 지백과 심한 갈등을 빚던 조양자가 계략을 세워 지백을 쳤다. 지백과 그의 가족은 모두 죽었다. 조양자는 지백의 두개골에 옻칠을 하여 술그릇을 만들 정도로 그를 미워했다.

　예양은 산속으로 도망쳐서 탄식했다.

“아아, 무사는 자기를 알아주는 사람을 위해 죽고, 여자는 자신을 기쁘게 해주는 사람을 위해 단장한다고 했다. 나를 인정해준 것은 지백뿐이었으니 그 은혜를 갚지 않고서야 무슨 면목으로 저세상에 가서 지백을 만날 수 있겠는가.”

예양은 이름을 바꾸고 죄인들 틈에 섞여 궁중에서 일하게 되었다. 품속에 칼을 품고 변소의 벽을 바르는 일에 열중하면서 기회만 닿으면 조양자를 죽일 궁리를 하고 있었다.

하지만 막상 조양자가 변소에 왔을 때 예양은 너무 긴장하고 가슴이 두근거려 지나치게 허둥거렸다. 때문에 조양자의 눈에 띄어 붙잡아보니 예양이었다. 더구나 그의 품속에서 비수가 나왔다. 문초하는 사람들에게 예양은 지백의 원수를 갚을 예정이었다고 당당하게 밝혔다. 조양자의 좌우에 있던 사람들이 모두 예양을 죽이려 했지만 조양자가 말렸다.

“그만두어라. 그는 의인이다. 지백이 죽고 자손도 남아있지 않은데도 끝까지 의리를 지키려고 하는 천하의 현인이다. 내가 조심하여 별일 없지 않았느냐.”

풀려난 예양은 온몸에 옻칠을 하여 문둥병 환자로 가장하

고 숯을 먹고 목소리까지 바꾸어 아주 딴사람처럼 되었다.
이렇게 변장한 그는 거지처럼 밥을 얻어먹으며 다녔는데
아내까지도 그를 알아보지 못했다.

어느 날 구걸하던 중 친구 집에 들르게 되었다. 친구는 어
렵게 예양을 알아보았다.

"아니, 예양이 아닌가?"

예양은 솔직하게 대답했다.

"그래, 내가 예양일세."

친구는 예양의 손을 잡고 울면서 이렇게 말했다.

"자네처럼 재능이 있는 사람이 예를 가지고 조양자를 섬기면 반드시 자네를 중하게 여길 것이네. 그런 뒤에 행동에 옮기면 보다 쉽게 목적을 달성할 수 있지 않은가? 몸가짐을 바꾸고 원수를 갚을 수 있다면 좋지만 지금의 방법은 고생만 심할 뿐 성공하기 너무 어렵다네."

"아닐세, 신하의 예를 갖추면서 그의 목을 노린다면 처음부터 두 마음을 먹은 것이 되고 마네. 내가 하는 방법으로 본래의 뜻을 이루기란 참으로 어렵다는 것을 나도 알지만, 알면서도 하지 않을 수 없는 것은 뒷날에 두 마음을 품고 주인을 섬기려는 자들을 반성시키고 싶기 때문이라네."

예양은 이렇게 말하고 저잣거리 사람들 속으로 가버렸다.

어느 날 조양자가 외출할 적에 예양은 그가 지나다니는 다리 아래 숨었다. 조양자가 다리에 이르렀을 때 조양자의 말이 놀라 껑충 뛰었다.

"혹시 예양이 아닐까?"

병사들이 수색해보니 과연 예양이었다. 조양자도 이번만
은 용서하지 않았다.

"너는 이전에 범씨와 중행씨를 섬기지 않았느냐. 이 둘은 지백에게 멸망되었는데 넌 그 원수를 갚지 않았을 뿐 아니라 체면도 없이 신하의 예를 갖추어 지백을 섬겼다. 그 지백도 벌써 죽었다. 도대체 무엇 때문에 지백만을 위해서 목숨을 걸고 원수를 갚으려 하느냐?"

예양은 이렇게 대답했다.

"내가 이전에 범씨와 중행씨를 섬긴 일은 있으나 평범한 대우를 받는 것에 불과했소. 그래서 나도 보통으로 그들을 대했소. 하지만 지백은 다르오. 그가 나를 국사로 인정해주었기에 나도 국사로서 보답하려는 것이오."

조양자는 눈물을 글썽이며 탄식했다.

"예양이여, 그것만으로도 지백에 대한 명분은 섰다. 나도 너를 용서할 만큼 했다. 하지만 더 이상 그대를 놓아줄 수 없다. 각오해라."

병사들이 예양을 둘러쌌다. 이때 예양이 부탁했다.

"명군은 사람의 의거를 방해하지 않고 충신은 이름을 위해 죽음을 사양하지 않는다고 했소. 그대는 전에 나를 용서해주

었소. 그 일로 세상 사람들이 모두 그대를 칭찬하고 있소. 이제는 나도 웃으며 죽을 수 있소. 다만 그 전에 그대의 의복을 얻어 그것이라도 베고 마음으로나마 복수의 마음을 청산할 수 있다면 죽은 뒤에라도 여한이 없겠소. 들어주리라고 생각하지는 않지만 내 소원을 말해본 것뿐이오.”

조양자는 예양의 의기에 감탄하고 부하에게 명령하여 의복을 예양에게 주었다. 예양은 칼을 뽑아 세 번을 뛰어오르며 옷을 베고 외쳤다.

“나는 이것으로 죽은 지백에게 보답하고 죽는다.”

이렇게 말하고는 스스로 칼에 엎어져 죽었다.

이날 조나라의 지사들은 예양의 소식을 전해 듣고 모두 눈물을 흘렸다.

'무사는 자신을 알아주는 사람을 위해 죽는다'는 이 말은 서로가 진심을 주고받으며 친밀하게 지내는 인간교제의 기본 규율을 말한 것이다. 지백은 권력욕이 강한 악명 높은 사람이었지만 예양은 그런 인물을 위해 원수를 갚으려 했다. 오로지 '지백이 자기를 인정해주었다'는 것이 이유였다. 인간은 누구나 상대의 인정을 받으려는 욕망이 있다. 이 욕망이 이루어졌을 때 자발적으로 '해보자'는 마음이 생긴다. 이것 역시 현대 인간 경영에서 활용되어야 할 주제가 아니겠는가.

13. 그 사람의 방법으로 그 사람을 다스린다

　서문표는 전국시대 위나라 사람이다. 위나라 문후는 서문표를 업지방의 현령에 등용하였고 그의 뛰어난 다스림은 세상의 칭찬을 받았다. 서문표는 업 지방의 현령으로 부임하자 우선 그 지방의 장로들을 모아놓고 백성들이 고통 받는 이유를 물었다.

　"하신에게 해마다 처녀를 바치지 않으면 안 되는데 그 때문에 백성들의 살림도 어려운 것입니다."

　이렇게 한 장로가 대답하자 서문표는 좀 더 자세하게 설명

해달라고 했다.

"업 땅의 삼로나 관리들은 하신이 부인을 얻는다는 행사
비용으로 해마다 수백만의 세금을 받아가지만 실제로 쓰는
것은 20~30만이고 나머지는 삼로와 하급관리, 무녀들이 셋
으로 나누어 가져갑니다.

해마다 그때가 되면 무당들이 이집 저집으로 아름다운 처
녀를 찾아다닙니다. 아름다운 처녀를 찾게 되면 처녀를 목욕
시키고 명주옷을 만들어 입히고 재계시킵니다. 행사를 위해
강가에 붉은 장막으로 둘러친 방을 만들어 처녀를 그 안에
가둔 뒤 쇠고기며 술과 밥을 갖추어 놓습니다. 이렇게 10여
일이 지나면 시집가는 날이 됩니다. 처녀를 곱게 치장하여
신부가 타는 가마에 태워 그대로 물에 띄웁니다. 그러면 물
에 떠내려가다가 가라앉습니다. 이렇기 때문에 아름다운 처
녀가 있는 집에서는 큰무당이 와서 흰 깃이 달린 화살을 꽂
아놓기 전에 다른 땅으로 도망쳐버립니다. 그래서 마을은 자
꾸 쓸쓸해지고 남은 사람들의 생활도 가난해질 수밖에 없습
니다. 이것은 오랜 옛날부터의 풍습인데 하신에게 처녀를 바

치지 않으면 물이 범람해서 논과 밭을 휩쓸고 사람들을 물에
빠져죽게 한다는 말이 전해져오기 때문입니다.”

서문표는 이야기를 다 듣고 나서 말했다.

“잘 들었소, 그 행사가 있을 때 나에게도 알리시오. 그렇게
중요한 일이라면 나도 참여할 것이니까.”

일동은 서문표에게 약속했다.

드디어 약속한 날이 왔다. 서문표가 행사가 벌어지는 강가로 나가보니 삼로, 관리, 호족, 장로, 큰무당, 작은 무당과 많은 구경꾼들이 모여 있었다.

"하신에게 시집갈 처녀를 불러줄 수 없는가? 얼마나 미인인지 내 눈으로 보고 싶소."

서문표가 이렇게 이야기하자 처녀가 장막 안에서 나왔다.

"이런 인물이 미인이란 말인가? 잠시 기다리시게. 수고스럽지만 큰무당께서 직접 하신에게 내 이야기를 전해주고 오도록 하시오. 더 아름다운 아가씨를 찾아서 뒷날 보낼 테니 기다려달라고…."

서문표는 하급 관리에게 명령하여 큰무당을 강물에 집어던졌다. 그리고 조금 기다렸다가 말했다.

"늦어지는군. 어떻게 된 일일까? 또 마중을 가야겠지?"

이렇게 말하고는 큰무당의 제자인 작은 무당 한 사람을 또 강물에 집어던지게 했다. 같은 방법으로 이렇게 작은 무당 셋을 모두 강물에 던져버렸다.

"여자를 보내서는 안 되는 모양이군. 설명을 잘 하지 못하

는 모양이야. 이제 삼로께서 수고를 해주실까?"

　이번에는 삼로를 강물에 던지게 했다. 그리고는 옷깃을 가
다듬고 강을 향해 허리를 굽혀 절을 한 뒤에 제자리에 꼼짝
도 않고 서 있었다. 곁에 있던 장로와 하급 관리들은 겁에 질

려 몸을 부들부들 떨었다.

"무당들도 삼로들도 아직 돌아오지 않으니 어찌된 일인가?"

그리고 이번에는 관리와 호족 두 사람도 함께 마중을 가라고 협박했다. 두 사람은 땅에 이마를 비벼대며 목숨만 살려 달라고 애걸했다. 다른 사람들도 모두 땅에 엎드려 숨도 제대로 쉬지 못했다.

"그럼 좋소. 조금 더 기다려주지."

시간이 좀 더 흘렀다. 서문표는 이렇게 말했다.

"모두 일어나시오. 하신은 손님을 잡아놓고 돌려보내지 않을 모양이오. 그대들은 이제 집으로 돌아가도 좋소."

이 일을 보고 있던 업 지방의 관리들과 백성들은 간담이 서늘해졌다. 그리고 그 다음부터는 누구 한 사람 하신에게 처녀를 바치자는 말을 꺼내지 못하게 되었다.

서문표는 이렇게 미신을 몰아낸 뒤 바로 사람들을 징발하여 12개의 용수로를 파서 황하의 물을 끌어들여 농지에 물을 대도록 했다.

서문표는 이렇게 말했다.

"백성들에게 정책을 이해시킬 필요는 없다. 그 결과가 그들에게 유리하면 그것으로 만족한다. 지금 당장은 누구나 나의 명령을 싫어하고 있지만 그들의 손자 대가 되면 틀림없이 내가 시킨 일이 올바르고 유익한 것이었다는 것을 깨닫게 될 것이다."

그때부터 업 지방은 수리가 잘되고 백성들의 살림살이가 나날이 풍족해지게 되었다.

서문표는 '그 사람의 방법으로 그 사람을 다스린다'는 교묘한 방법으로 지방 관리와 무당들을 다스리고 미신을 몰아내어 백성들을 구했다. 서문표의 슬기와 과감한 행위는 예로부터 많은 사람들이 찬양하고 있다.

14. 돌로 제 발등을 찧다

상앙은 전국시대 진나라의 유명한 개혁가였다. 진효공은 진나라를 강대국으로 만들려고 인재를 모은다는 포고문을 냈다. 이 말을 들은 상앙은 고향 위국에서 진나라로 왔다.

상앙은 진효공을 만나 이렇게 말했다.

"나라가 부강해지려면 농업을 발전시키고 장병들을 장려해야 합니다. 공을 세운 사람에겐 상을 주고 죄를 지은 사람에겐 벌을 주어야 합니다. 그래야 조정의 위신이 서고 모든 계획이 뜻대로 시행될 수 있습니다."

진효공의 뜻에 부합되는 말이었다. 효공은 상앙에게 제도 개혁의 권한을 주었다.

상앙의 변법이 시행된 후 진나라는 농업 생산량이 크게 증가했으며 군사력도 강해졌다.

그런데 많은 귀족과 대신들이 반대했다. 그것은 상앙의 변법이 귀족과 대신들의 이익에 손해가 되기 때문이었다.

한 번은 태자가 죄를 범하자 상앙은 효공에게 이렇게 말했다.

"나라의 법령은 지위고하를 막론하고 모두 지켜야 합니다. 관리들이라고 지키지 않으면 백성들이 조정을 믿지 않을 겁니다. 태자가 죄를 범했으면 그 스승이 벌을 받아야 마땅합니다."

상앙은 친구들의 권고도 듣지 않고 태자의 스승인 공자건의 코를 벴다.

상앙은 또 5인조, 10인조의 제도를 설치하여 백성을 서로 감시하고 고발하게 했다. 타인의 범죄를 알고서도 고발하지 않는 자는 허리를 자르는 형벌을 하고 죄인을 감춰준 자에게는 항복한 것과 같은 벌을 주며 농경과 직물 본업에 종사하지 않고 게을러 가난한 사람은 노예로 삼았다. 그리고 공적을 올린 자에게는 사치가 허용되지만 공적이 없으면 호화로운 생활을 허용치 않는다는 것이다.

 그림과 함께 보는 재미있는 고전 27가지

상앙은 10년에 걸쳐 변법을 실행하여 진나라의 재상의 지위에 있었고 진나라는 점점 부강했다. 하지만 특권을 빼앗긴 공족이나 귀족들의 반감은 더욱 커졌다.

마침내 진효공이 죽고 태자가 그 뒤를 이었다. 공자건의 일파는 상앙이 모반을 모의하고 있다고 고발하였다. 원래 태자는 상앙에게 불만이 있는 터라 고발이 들어오자 상앙을 잡으라는 명령을 내렸다.

상앙은 도망쳐 함곡관에 도착하여 여관에 묵으려 했는데 여관 주인은 '상앙 어른이 정하신 법률 때문에 증명서가 없는 사람을 재우면 벌을 받는다'고 하면서 안 된다는 것이었다. 상앙은 크게 한숨을 쉬었다. "아! 법의 폐해는 이처럼 철저한 것인가!"

상앙은 길을 바꾸어 위나라로 도망치려 했다. 하지만 위나라 사람들은 그가 공자앙을 기만하여 위나라군을 격파했던 일을 잊지 않고 있었기에 받아들이려 하지 않았다. 상앙이 또 다른 나라로 달아나려 하자 "진은 강국이다. 진나라의 국적을 받아들인다면 큰 봉변을 당한다."

여관에 묵으려는 상앙은 증명서가 없다는 것으로 주인에게 거절당했다

　이렇게 말하며 또다시 진나라로 돌아온 상앙은 그의 영지인 상읍으로 몸을 피신했다가 일족을 거느리고 북쪽 정나라로 가려 했다.

　이 사실을 알게 된 진나라에서는 군사를 내어 상앙을 쫓았다. 결국 상앙은 정나라 면지에서 잡혀 죽었다. 진나라 혜왕은 백성들에게 경고하는 뜻에서 상앙의 시체를 다시 말에 매어 사방으로 찢어 죽이도록 하고 이렇게 선포했다.

　"모반을 시도한 자의 말로를 보라."

　그리고 상군의 일족까지 모두 죽였다.

성공도 명예도 자신 없이는 얻을 수 없다. 또한 어떤 행위든 어떤 사상이든 세상의 상식을 벗어나면 무조건 비난의 대상이 된다. 이를 끝까지 알지 못하는 사람은 어리석은 사람이다. 상앙의 실패는 바로 모든 일의 양면성을 보지 못하고 자신의 생각만을 강제로 관철하려 한 데서 온 것이다. 그 때문에 스스로 멸망을 자초했다. 모든 사물의 변화는 한걸음씩 앞으로 나아가면서 변화 발전하는 것이다. 그 변화를 생각하지 않고 성급하게 성공만을 바라며 지나치게 압력을 가하면 결국은 돌을 들어 제 발등을 찧는 격이 된다.

15. 지혜를 겨룸

　위나라 혜왕은 돈을 아끼지 않고 천하호걸들을 불러 모았
는데 처음으로 찾아온 사람이 방연이었다. 혜왕은 방연을 직
접 만나 부국강병의 방법에 대한 방연의 견해를 들어보았다.
그러고 나서 참으로 천하에 짝을 찾기 어려운 인재라고 칭찬
하면서 대장군으로 임명했다.

　뒤에 혜왕은 손빈이 비범한 인재라는 말을 들었다. 그래서
방연을 보내 손빈을 불러오게 했다. 방연은 손빈의 능력을
잘 알았다. 자신의 재주가 손빈에 미치지 못하는 것을 아는

방연은 그대로 놓아두면 손빈에게 자기 자리를 빼앗길 것이
라고 생각했다. 그래서 방연은 손빈이 제나라와 암암리에 사
통하고 있다고 허위고발을 했다. 그 말을 곧이들은 혜왕은
크게 노해 손빈을 잡아들여 얼굴에 먹으로 문신을 하고 무릎

● ● ● 손빈은 전기에게 위나라 도성을 공격하여 조나라를 구하게 했다

의 골을 빼내는 혹형을 가했다.

손빈이 위나라에서 비참한 처지에 빠져 있을 때 제나라 사신이 이 일을 알고 몰래 손빈을 빼내 자기 나라로 데려갔다. 제나라 위왕은 크게 기뻐하며 손빈을 중용했다.

기원전 354년, 혜왕은 방연을 보내어 조나라를 공격하게 했다. 위왕은 전기를 대장으로, 손빈을 군사로 삼아 군대를 거느리고 조나라를 구원하게 했다. 전기는 손빈의 계책대로 조나라가 아닌 위나라 도성인 대량으로 진군했다. 이때 방연은 조나라 도성인 한단, 지금의 하북성 한단시를 함락하려 하고 있었다. 하지만 제나라군이 자국의 도성으로 진격해오고 있다는 소식을 들은 방연은 다급히 군대를 돌릴 수밖에 없었다. 방연의 군대는 계릉, 지금의 하남성 장원현 서북쪽에서 진나라군과 싸워 크게 패하고 말았다. 제나라군은 이런 방법으로 조나라의 한단을 구했다.

기원전 341년, 위나라가 한나라를 공격하자 한나라는 제나라에 구원을 청했다. 제나라 왕은 역시 전기와 손빈에게 명하여 한나라를 구원하게 했다. 손빈은 이번에도 역시 한나라

● ● ● 매복 작전으로 방연의 군대를 일격에 섬멸한 손빈

로 가지 않고 위나라의 도성으로 진격했다.

　위나라 도성이 위급하다는 급보를 받은 방연은 이번에도 역시 군사를 돌릴 수밖에 없었다. 이때는 위나라 태자 신申이 대군을 이끌고 결사적으로 방어하는 바람에 제나라도 더 이상 나아가지 못하고 철군하기 시작했다. 그것을 본 방연은 제나라군을 몽땅 섬멸시킬 기세로 밤낮을 가리지 않고 추격하기 시작했다.

　방연의 군대가 마릉, 지금의 하북성 대명현 동남쪽까지 추격해갔을 때는 이미 날이 어두워져 있었다. 마릉은 길이 무척 좁고 양쪽에는 장애물들이 가득했다. 방연은 제나라군을 하루빨리 섬멸하려는 일념으로 어둠 속에서도 계속 군대를 내몰았다. 그때 전방의 군대에서 길이 막혔다는 전령이 왔다.

　방연이 군대의 선두로 나서 보니 길 양쪽의 나무들을 모두 찍어 길을 막았는데 유독 큰 나무 한 그루만 그대로 서 있었다. 자세히 보니 나무껍질이 벗겨져 있고 무슨 글을 써 놓은 듯한데 날이 어두워 잘 보이지 않았다. 방연은 부하를 시켜

횃불을 가져오게 했다.

'방연은 이 나무 아래서 죽으리라.'

나무에는 이렇게 쓰여 있었다. 대경실색한 방연은 급히 군사들에게 퇴각 명령을 내렸다. 하지만 때는 이미 늦었다. 방연의 퇴각 명령 소리가 떨어지기가 무섭게 사방에서 횃불을 목표로 화살이 빗발치듯 쏟아졌다. 그리고 엄청난 함성소리가 들려오면서 매복해 있던 제나라군이 길 양쪽에서 홍수처럼 쏟아져 내려왔다.

손빈은 일부러 쫓겨 도망치는 것처럼 행동하여 방연을 유인했고, 마릉에 궁수들을 매복시켜 나무 아래에서 불빛에 보이면 그곳에 집중적으로 활을 쏘라고 명령했던 것이다. 절망에 빠진 방연은 검을 뽑아 스스로 목을 베어 자살하고 말았다.

그 뒤 손빈의 명성은 여러 제국에 널리 퍼졌으며 그가 쓴 『손자병법』은 지금까지 전해져 내려오고 있다.

　문제에 봉착하면 다만 표면 현상에만 주의를 돌리지 말고
문제의 관건이 어디에 있는가를 심사숙고해야 한다. 이렇게
해야 비로소 문제의 본질을 파악할 수 있게 된다. 만약 문제의
핵심이 막혀 있을 때면 문제를 우회하여 생각함으로써 비교
적 쉽게 목적을 달성할 수 있다.

16. 처세의 안목

　맹상군의 성은 전씨이고 이름은 '문'이다. 설 지방의 영주였던 맹상군은 평소 재능 있는 현자들을 좋아했다. 자신을 찾아오는 사람이 있으면 귀천을 가리지 않고 먹이고 재워주었다. 그런 혜택을 받은 사람들을 '식객'이라고 불렀다. 맹상군의 식객들이 수천 명에 달하여 천하의 인재는 모두 설 땅으로 모이는 것 같았다. 그렇지만 맹상군은 식객들의 신분을 차별하지 않고 고루 공평하게 대했다.

　맹상군의 식객 가운데 제나라의 풍훤이라는 사람이 있었

다. 집이 매우 가난하여 입에 풀칠하기도 어려웠다. 다른 식객들은 풍훤이 아무 재주도 없는 사람이라고 얕보며 잡곡밥에 채소만 주면서 음식대접을 소홀하게 했다. 그러던 어느 날 풍훤은 대청기둥에 기대어 검으로 박자를 맞추며 노래를 불렀다.

"장검아, 장검아, 이제는 돌아가자. 물고기도 먹을 수 없으니 돌아가지 않고 무엇을 하겠느냐."

그것을 우연히 보게 된 맹상군은 곧 아랫사람에게 지시했다.

"그에게도 물고기를 대접하게. 다른 식객들처럼 잘 대접하여야 하네."

그러던 어느 날 밖에 나갔다가 돌아온 풍훤은 또 기둥에 기대 노래를 불렀다.

"장검아, 장검아, 돌아가자. 밖에 나가는데 수레가 없으니 돌아가지 않고 무얼 하겠느냐."

그 말을 들은 맹상군은 풍훤이 외출할 때 수레를 내주도록 아랫사람들에게 시켰다.

그런데 얼마 지나지 않아 풍훤이 또 노래를 불렀다.

밥 먹는 데 고기가 없다고 풍훤이 말하자 고기를 가져다주는 맹상군

“장검아, 장검아, 돌아가자. 여기서는 노인을 봉양할 수 없으니 돌아가지 않고 어찌하겠느냐.”

그 노래를 들은 맹상군은 풍훤의 어머니에게 매일 세 끼 음식을 보내도록 했다.

그러던 어느 날 맹상군은 풍훤에게 설읍에 가서 빚을 받아오도록 했다. 떠날 때 풍훤이 물었다.

“빚을 다 받으면 무엇을 사올까요?”

“우리 집에 무엇이 부족한지 살펴보고 부족한 것을 사오시오.”

설읍에 도착한 풍훤은 빚을 진 사람들을 다 불러 모아서 채무를 하나씩 대조하고 확인했다. 그리고는 맹상군이 빚을 다 탕감해주기로 했다며 빚문서를 사람들이 보는 앞에서 불태워버렸다. 백성들이 맹상군에게 감사한 것은 말할 것도 없었다.

다음 날 풍훤은 도성으로 돌아왔다. 맹상군은 빨리 돌아온 것을 보고 매우 놀라 물어보았다.

“빚은 다 받아오셨소?”

“예, 다 받았습니다.”

“그럼 무엇을 사오셨소?”

“분부대로 공자님 댁에 없는 것을 사왔습니다. 제가 보건대 공자님의 댁에는 다른 것은 다 있지만 오직 ‘의’가 부족한 것 같아서 ‘의’를 사왔습니다.”

맹상군이 어리둥절해 하자 풍훤이 말을 보탰다.

“저는 공자님의 허락도 없이 사사로이 공자님의 결정이라고 꾸며 그들의 빚을 모두 탕감해주었습니다. 그리고 빚문서도 모두 다 태워버렸습니다. 그러자 백성들은 하나같이 공자님의 은덕을 잊지 않겠다고 소리쳤습니다. 이렇게 저는 공자님에게 ‘의’를 사왔습니다.”

맹상군은 풍훤의 말을 듣고 속으로는 몹시 언짢았지만 겉으로는 아무 내색도 하지 않았다.

이 일이 있은 지 1년 뒤 제나라 민왕이 맹상군의 직위를 파면하자 그는 어쩔 수 없이 자신의 봉읍지인 설읍으로 내려갔다.

그런데 그 소식을 들은 설읍의 백성들은 남녀노소 할 것

맹상군이 설읍으로 내려오자 남녀노소 모두가 나와서 환영하였다

없이 백리 밖까지 나와서 맹상군이 오기만을 기다렸다. 성
대한 환영에 놀란 맹상군은 크게 감동해 풍훤을 돌아보며 말
했다.

"오늘에야 선생이 사왔다는 '의'를 이 눈으로 보게 되었
소."

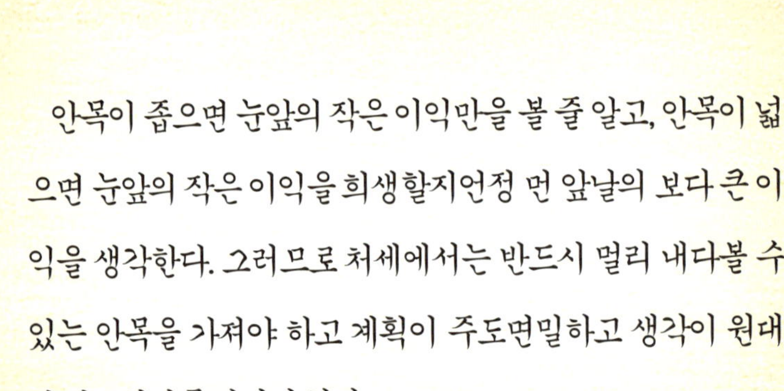

안목이 좁으면 눈앞의 작은 이익만을 볼 줄 알고, 안목이 넓
으면 눈앞의 작은 이익을 희생할지언정 먼 앞날의 보다 큰 이
익을 생각한다. 그러므로 처세에서는 반드시 멀리 내다볼 수
있는 안목을 가져야 하고 계획이 주도면밀하고 생각이 원대
한 심모원려를 가져야 한다.

17. 용기와 슬기로 나라의 존엄을 수호

　전국시대 조나라 대신 인상여는 비록 출신이 비천하지만 지혜가 풍부하고 계략이 많았다. 또한 용감하고 과감하여 국보인 화씨벽(화씨의 구슬)을 진나라로 가져갔다가 죽음을 두려워하지 않고 진왕과 대결하여 화씨벽을 빼앗기지 않고 찾아왔다. 이런 일들로 해서 조나라 왕은 인상여를 매우 중용하였다.

　기원전 279년, 진나라 왕은 화친을 청하면서 조나라 왕을 민지, 지금의 하남성 민지현 서쪽으로 초청했다. 조나라 왕

은 한번 모험을 해보기로 하고 인상여를 데리고 진나라로 떠났다.

조나라 왕이 민지에 도착하자 진나라 왕은 환영회를 베풀었다. 술이 몇 번 돌자 진나라 왕은 술에 취한 척 하면서 조나라 왕에게 비파를 연주해 흥을 돋우자고 했다. 조나라 왕은 차마 거절하기 어려워 마지못해 비파 한 곡을 탔다. 그러자 진나라 왕은 사관, 역사실록을 쓰는 관리에게 이 일을 즉시 사서에 적어넣으라고 했다. '조나라 왕이 진나라 왕을 위해 비파를 연주했다'는 기록을 통해 진나라가 조나라보다 위에 있음을 보이려 한 것이다.

진나라 왕이 자국의 왕을 욕보이려 한다는 것을 안 인상여는 앞으로 나가 진나라 왕에게 질그릇으로 연주해주기를 청했다. 그러나 진나라 왕은 그 청을 거절했다. 인상여는 두어 걸음 더 앞으로 나가 질그릇을 내보이며 진왕을 노려보고 협박했다.

"대왕님과 저 사이는 다섯 걸음밖에 되지 않습니다. 제 목을 찌른 피로 대왕님의 몸을 적실 수도 있습니다. 한번 보시겠습니까?"

겁이 난 진나라 왕은 하는 수 없이 질그릇을 받아 한 번 쳤다. 그러자 인상여는 즉시 조나라 사관에게 어느 해 어느 달 어느 날에 진나라 왕이 조나라 왕을 위해 질그릇을 두드리며 흥을 돋우었다고 사서에 기록하게 했다.

진나라 왕에게 질그릇으로 연주하게 한 인상여

　그런데 진나라 대신이 또다시 무례한 요구를 했다. 조나라 성 15개를 진나라에 바치라는 것이었다. 그러자 인상여는 '그럼 진나라 도성 함양을 조나라에 바치십시오' 하고 반박했다. 이렇게 설전을 계속하여 진나라는 결국 아무런 이득도 얻지 못했다. 그런 데다 조나라 국경의 경비가 철통 같아 진나라는 조나라를 침범할 엄두를 내지 못했다.

　조나라로 돌아온 왕은 인상여의 용감함과 슬기로움을 칭찬하며 높은 관직인 상경에 올려놓았다. 이때부터 조나라는 더욱 강성해졌다.

　인상여는 용기와 지혜로 나라의 존엄을 수호했다. 위기일
발의 위급한 상황에서도 항상 침착하고 냉정해야 상대방과
의 대결에서 이길 수 있고 자신을 보호할 수 있다. 만약 그런
상황에서 패기 없이 나약하게 대처하면 상대방으로부터 멸
시를 당할 뿐이다.

18. 문지기의 계책

　위나라의 공자 무기는 영지가 신릉, 지금의 하남성 명릉현이었기에 사람들은 그를 '신릉군' 이라고 불렀다.

　신릉군은 자애롭고 겸허하며 누구를 대하든 예절 바르고 부귀와 지위를 자랑하지 않았다. 그러므로 그의 명성을 사모하여 수천 리나 되는 먼 곳에서도 유능한 부하들이 모여들어 그의 부하 수는 3천 명에 이르렀다. 신릉군이 총명하고 또 능력 있는 식객들이 많아 진나라를 위시해서 다른 제후들이 감히 위나라를 공격하지 못했다.

　기원전 275년 진나라는 장평, 지금의 산서성 고평현 서북 쪽에서 조나라 군대를 격파한 뒤 계속해서 조나라 도성 한단 을 포위했다.

　조나라 왕의 동생인 평원군의 부인은 위나라 신릉군의 누 이였다. 이런 인연으로 조나라는 위나라 왕과 신릉군에게 구 원군을 요청했다. 위나라 왕은 장군 진비에게 10만의 군사 를 주어 조나라를 구원하게 했다. 그런데 진비 장군은 군사 를 국경의 업성, 지금의 하북성 임장현 서남쪽에 주둔시킨 채 더 나아가지 않아 진나라의 위협은 여전했다.

　그래서 신릉군은 부하들과 함께 진나라군의 진지로 돌격 해 들어가 조나라와 운명을 함께하려고 결심했다.

　신릉군 일행이 동쪽 문에 이르렀을 때 문지기 후생과 만났 다. 후생은 신릉군의 생각을 알고 이렇게 말했다.

　"당신은 곤란을 무릅쓰고 진나라군의 진지로 돌격해 들어 가려 합니다. 이것은 마치 굶주린 호랑이의 코 앞에 고기를 던져주는 일과 다름없습니다. 이와 같은 때에 도움을 드리지 못한다면 제가 어찌 당신의 식객이겠습니까."

신릉군은 후생의 말을 듣자 정중하게 가르침을 청했다.

"진비 장군의 병부(군사를 출동시킬 때 사용하는 할부를 말하는데, 쪼갠

두 개 가운데 하나는 왕이 갖고 다른 한 쪽은 군대를 통솔하는 사령관이 갖는다.)

병부를 들고 군대에게 조나라를 구하라고 명령하는 신릉군

는 언제나 왕의 침실에 놓여 있습니다. 왕이 제일 사랑하는 여희라면 왕의 침실에 자유롭게 출입할 수 있으니 그녀라면 병부를 쉽게 훔쳐낼 수 있습니다. 당신은 여희 아버지의 원수를 갚아주었기에 여희는 감격하여 당신을 위하는 일이라면 목숨을 버려도 좋다고 이야기했습니다. 그러니 당신이 부탁만 하면 여희가 꼭 그것을 훔쳐다줄 것입니다."

신릉군이 후생의 가르침대로 하자 여희는 기대한대로 병부를 훔쳐 신릉군에게 가져왔다.

신릉군이 병부를 가지고 출발하려 할 때 후생이 다시 주의를 주었다.

"진비 장군은 병부가 꼭 맞더라도 지휘권을 넘겨주기를 거부할지 모릅니다. 그렇게 되면 일이 난처해지니 제 친구인 도살업자 주해를 데려가십시오. 주해는 힘이 세기로 따를 사람이 없으니 진비가 지휘권을 넘기지 않으려 한다면 주해에게 일을 맡기십시오."

신릉군은 주해를 찾아갔다. 주해는 바로 동행하기로 승낙했다.

신릉군은 업성으로 달려가 바로 왕명이라고 거짓말을 하고 진비에게 지휘권을 양도할 것을 요구했다. 하지만 진비는 이를 거부했다. 진비에게 지휘권을 양도받을 수 없다고 생각한 주해는 감추고 있던 40근이나 되는 철봉으로 진비를 때려죽였다.

이렇게 해서 신릉군은 진비의 군대를 장악하고 바로 진나라를 공격하도록 명령했다. 진나라군은 신릉군의 군사가 공격해오는 것을 알자 포위를 풀고 물러갔다. 그렇게 신릉군은 조나라를 위기에서 구할 수 있었다. 다만 거짓으로 왕명을 사칭한 죄가 있었기에 군대는 다른 사람에게 맡겨 본국으로 보내고 자신은 부하들과 함께 조나라에 머물기로 했다.

　　신릉군이 군사를 이끌고 조나라를 구할 수 있었던 것은 전적으로 문지기 후생의 계책에 의한 것이다. 이로써 강대한 진나라군을 물리쳐 자신의 뜻을 이룰 수 있었다. 신릉군의 경우처럼 아무리 하잘 것 없어 보이는 사람이라도 무작정 업신여길 것이 아니라 그들의 의견을 듣고 냉정하게 분석하여 침착하게 대응해야 한다. 단순한 의기나 용맹만 가지고는 문제를 해결할 수 없음을 알아야 한다.

19. 미녀의 간계

　춘신군은 초나라의 귀족으로, 지혜와 재주가 뛰어난 인물
이었다. 거느린 식객이 무려 3천 명이었고 초나라 재상을
25년이나 지냈다.

　초나라 고열왕에게는 자식이 없었다. 재상인 춘신군은 이
것을 걱정하여 자식을 많이 낳을 만한 여인을 찾아 차례로
왕의 곁으로 보냈지만 좀처럼 자식을 얻지 못했다.

　그때 조나라의 이원이라는 사람이 미모가 빼어난 여동생
을 데리고 춘신군을 찾았다. 춘신군은 그 여인이 아주 마음

에 들어 자기 곁에 두었다. 얼마 안 되어 그 여인은 임신을
했다.

임신한 여인은 기회를 보다가 춘신군에게 말했다.

"초나라 왕은 당신에 대해 형제 이상의 대우를 하고 있습

니다. 그렇지만 만일 왕이 승하하게 되면 왕위는 형제 가운
데서 잇게 될 것입니다. 형제가 왕위에 오르게 되면 틀림없
이 당신에게 화가 미칠 것입니다. 저는 지금 임신하고 있습
니다. 이 사실은 어느 누구도 모릅니다. 제가 당신의 사랑을
받은 지도 얼마 되지 않습니다. 그러니 당신이 초나라 왕에
게 말씀드려 저를 보내신다면 저는 꼭 왕의 총애를 받을 것
입니다. 하늘이 도와 아들을 낳게 되면 당신의 아들이 왕이
되는 것입니다. 결국 초나라는 모두 당신의 것이 됩니다.”

　과연 옳은 말이라 여긴 춘신군은 바로 이원의 여동생을 별
관으로 옮긴 뒤 초나라 왕에게 바쳤다. 초나라 왕은 그 여인
을 사랑했고 기간이 되어 아들이 태어났다. 왕은 그 아이를
태자에 봉하고 이원의 여동생을 후로 봉했다. 그리고 이원
을 귀하게 여겨 조정의 일을 맡게 했다.

　그렇게 되자 이원은 춘신군의 입에서 말이 새어나오지 않
을까, 혹은 춘신군이 교만해지지나 않을까 걱정이 되었다.
그래서 은밀히 자객을 길러 춘신군을 죽이려고 했다. 하지
만 그 비밀을 알고 있는 사람들이 적지 않았다.

춘신군이 초나라 재상이 된 지 25년째 되던 해 고열왕이 병으로 눕게 되었다. 춘신군의 빈객인 주영이 춘신군을 찾았다.

"이 세상에는 뜻밖의 행운이 찾아오는가 하면 터무니없는 불행으로 화를 입기도 합니다. 또 때로는 위기를 구할 인물을 만나기도 하지요. 당신이 초나라 재상이 된 지 25년이 되었습니다. 이름은 재상이지만 사실은 초나라 왕이나 같습니다. 지금 초나라 왕은 병이 들어 누워 있고 언제 승하하실지 모르는 실정입니다. 앞으로 당신은 어린 왕을 보좌하여 국정을 보살피다가 왕이 성장한 뒤에 정권을 넘겨주느냐 아니면 당신 자신이 왕이 되느냐를 마음대로 선택할 수 있습니다. 이것이 행운이라는 것입니다."

"그러면 불행이란 또 무엇을 말하는 것이오?"

"이원의 존재입니다. 그는 국정에 참여 못하는 것을 원망하고 당신을 죽이려 기회만 노리고 있습니다. 그는 미리부터 자객을 양성해왔습니다. 초나라 왕이 승하하면 이원은 먼저 궁중에 들어가 권력을 손에 넣고 당신을 죽여 비밀이 누설되

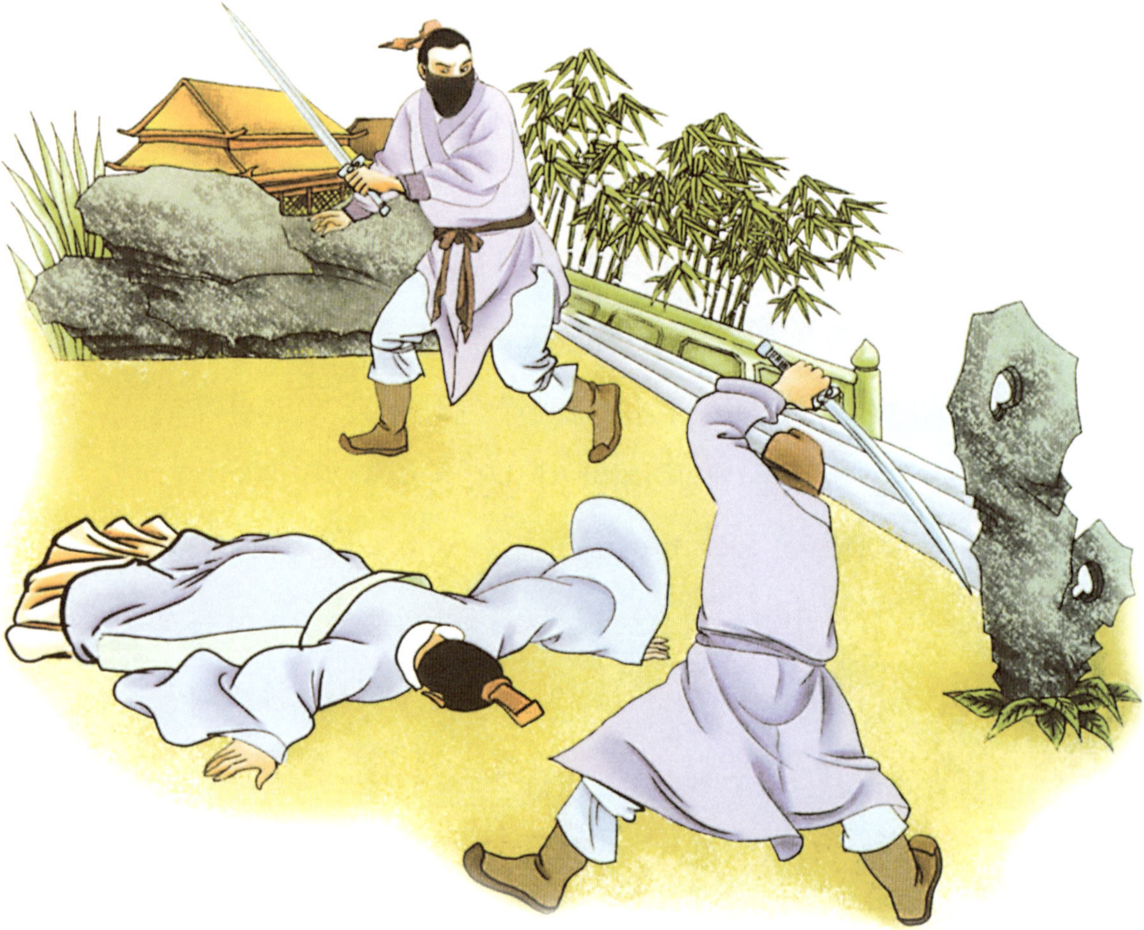

주영의 권고를 듣지 않아 춘신군은 결국 궁중에서 자객에게 피살되었다

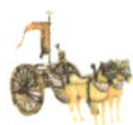

지 않도록 할 것입니다. 이것이 당신의 불행이라는 것입니다."

"그럼 나를 위기로부터 구해줄 인물은 누가 있소?"

“부디 저를 낭중에 임명하여 초나라 왕의 곁에 있게 해주십시오. 왕이 승하하면 이원은 제일 먼저 궁중에 들어와 실권을 잡으려 할 터인데, 제가 그때 당신을 위해 이원을 죽일 것입니다. 이것이 위난을 구할 인물입니다.”

“그것은 그대의 지나친 생각 같소. 이원은 소견이 좁은 사내라 지금까지 내가 그를 보살펴왔지만 큰일을 맡기지는 않았소. 그런 대담한 일을 저지를 인물이 아닐지.”

주영은 자신의 진언이 받아들여지지 않자 장차 자신에게 화가 미칠까 두려워 도망치고 말았다.

그날로부터 17일이 지나 초나라 고열왕이 죽었다. 기원전 238년 왕이 죽자 이원은 궁중에 들어가 실권을 잡은 뒤 극문 안에 자객을 잠복시켰다. 춘신군이 극문에 들어서자 자객의 칼이 춘신군의 목을 찔렀고 그의 목은 잘려져 극문 앞에 나뒹굴었다.

이렇게 하여 이원의 여동생이 낳은 아들이 왕위에 올랐다. 그가 바로 초나라의 유왕이다.

춘신군은 젊었을 때 진나라 소왕을 설득시켰고 진나라에 인질로 있던 초나라 태자를 탈출시키기 위해 자기 몸을 희생하는 등 지혜와 재주가 큰 인물이었다. 그런데도 어째서 주영의 진언을 듣지 않고 그토록 명약관화한 음모에 말려들어 이원과 같은 사람에게 죽음을 당한 것일까. 그것은 노쇠했기 때문이다. 지나친 탐욕으로 결단을 내려야 할 때 결단을 내리지 않았기에 화를 입은 것이다.

20. 창고 쥐와 변소 쥐

　진시황이 천하를 통일하도록 정치적인 면에서 가장 큰 공적을 쌓은 사람은 초나라 출신의 이사였다.

　어느 날 이사는 변소에서 쥐가 인분을 먹는 것을 보았다. 그 쥐는 늘 사람이나 개의 기척에 예민하게 반응했다. 그런데 식량 창고 안의 쥐는 훌륭한 건물 안에서 곡식을 먹으며 사람이나 개가 나타나도 별로 놀라지 않고 유유히 먹이를 먹고 있었다.

　이 두 모습을 비교해서 생각해보고 이사는 자기도 모르게

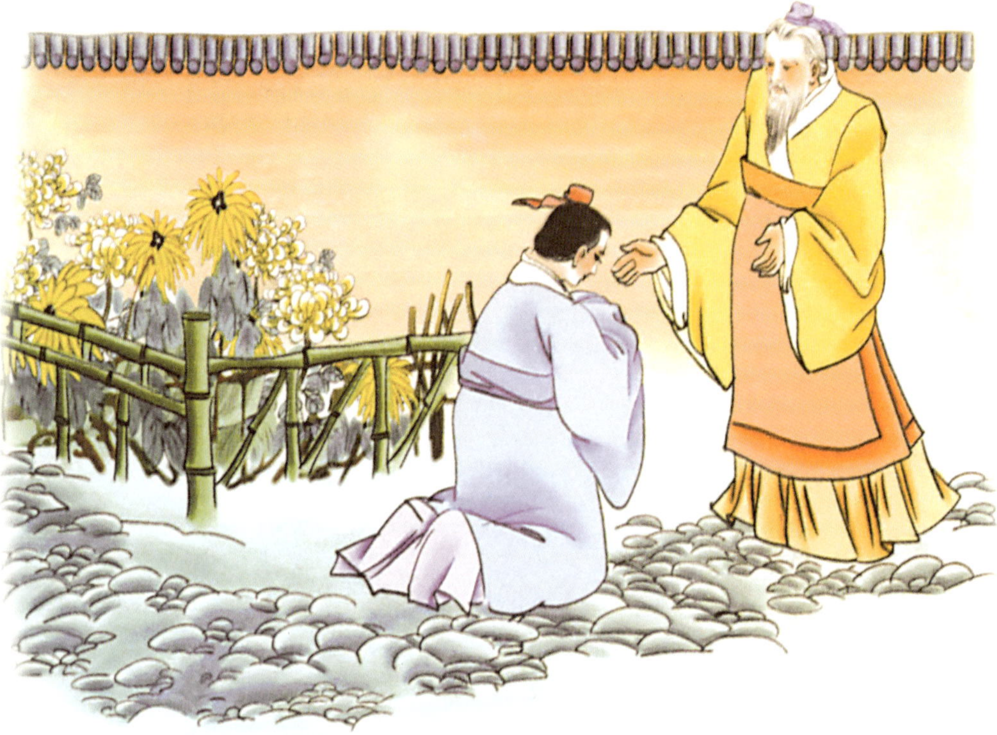

●●● 이사는 유학대사 순경을 찾아갔다

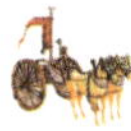

탄식했다.

"인간도 별 수 없다. 뭐니 뭐니 해도 결국 어디다 자기 몸을 두느냐에 따라 그 인간의 가치가 결정되는 것이다."

이렇게 생각한 이사는 유학대사 순경을 찾아 정치학을 배웠다. 당장은 힘들고 고달파도 찬란한 미래의 성공을 생각하

면서 게으름을 피우지 않고 열심히 배웠다.

학업을 끝낸 이사는 어느 나라로 가서 봉사할 것인지 생각했다.

"초나라 왕은 쓸모없는 인물이다. 아무리 생각해보아도 봉사하고 싶지 않다. 그렇다고 약한 나라에 봉사하면 공을 세워 이름을 날릴 기회를 얻기가 쉽지 않을 것이다. 딴생각을 하지 말고 서쪽으로 가서 진나라에 봉사하는 것이 제일이다."

이렇게 결심이 서자 이사는 스승인 순경에게 작별인사를 하러 갔다.

"기회가 오면 물러서지 말라는 말이 있습니다. 지금은 열국항쟁의 시대로서 유세객이 주인공인 시대입니다. 지금 천하의 형세를 보니 제일 우세한 것은 진나라로서 천하를 병합하여 군림하려는 기세입니다.

때는 바로 지금입니다. 저와 같이 지위도 없고 관직도 없는 사람에게는 지금이 절호의 기회라고 생각됩니다. 아무것도 없는 자로서 내일의 향상을 도모하지 않는 것은 금수와 다름이 없습니다. 인간의 얼굴을 하고 있으면서 겨우 걸음만 걸을 수 있는 자에 지나지 않습니다. 인간이라면 이보다 더 부끄러운 것도 없으며 가난한 것처럼 슬픈 것도 없습니다.

언제까지나 그와 같은 경우에 만족하고 제법 세상을 등지고 무위를 이야기하는 것은 인간의 본성에 위배되는 것입니다. 그래서 저는 진나라로 가서 진나라 왕을 설득해볼 생각입니다."

그 뒤 이사는 진나라 최고 실력자이자 승상인 문신후 여불위의 부하가 되었고, 여불위는 그의 재능을 인정한 뒤 왕의 시종으로 천거하여 직접 왕을 설득할 수 있는 신분이 되었다.

이사는 진나라 왕을 이렇게 설득했다.

"큰일을 하려면 상대방의 잘못을 포착하고 가차 없이 공격해야 합니다. 소인은 그런 기미를 알지 못하므로 대개 좋은 기회를 놓치고 맙니다.

진나라의 국력은 융성하고 대왕은 현명하십니다. 이 두 가지 조건을 갖춘 지금, 제후들을 멸망시키고 천하를 통일하는 것은 쉬운 일입니다.

지금이 절호의 기회입니다. 주저하고 있을 때가 아닙니다. 제후들은 틀림없이 다시 세력을 규합하여 합종을 이루고 대항해 올 것입니다. 그렇게 되면 어떤 방책을 강구하더라도 천하의 통일은 불가능해질 것입니다."

이 말을 듣고 진왕은 이사를 장사에 발탁했다. 또 이사의 의견을 채택하여 비밀리에 모사꾼들을 제후국에 보내어 임금과 신하를 이간시킨 뒤에 우수한 장군을 보내 무력으로 치도록 했다.

이 계책이 효과를 거두자 그 공적으로 진나라 왕은 이사를 왕의 고문으로 삼았다.

이 무렵 한나라 출신의 기술자인 정국이라는 사람이 진나라의 관개용수를 만들었는데, 이는 진나라의 국력을 소모시켜 동쪽에 대한 정벌을 억제하려는 한나라의 모략이었다. 그 사실이 알려지자 왕실 일족과 중신들은 일제히 왕에게 아뢰었다.

"다른 나라에서 와서 진나라에 채용된 자들은 거의 첩자라

이사의 명성을 듣고 천하 각지에서 끊임없이 문무백관들이 찾아왔다

고 보아도 큰 잘못이 없습니다. 모두 추방해야 합니다.”

추방 대상자 가운데는 이사도 들어 있었다. 이사는 그런 움직임을 막기 위해 바로 왕에게 다음과 같이 글을 올렸다.

“다른 나라 사람을 추방하실 생각이라고 들었는데, 이는 큰 잘못이라고 생각합니다.

옛날 목공은 인재를 여러 나라에서 구했습니다. 진나라는 이들을 임용해서 주변 20국을 병합하여 서방제국 사이에서 패권을 잡았습니다. 그리고 효공은 타국 사람인 상앙을 등용해서 내정 개혁을 단행함으로써 진나라는 초나라와 위나라 군사를 무찌르고 영토를 넓혀 오늘의 번영을 이룬 것입니다. 또 혜문왕은 역시 타국 사람인 장의의 의견을 채택함으로써 6개국의 합종책을 깨뜨리고 진나라에 복종시켰습니다. 그 공적이 오늘날까지 계승되고 있습니다. 그리고 소왕은 타국 사람인 범수를 재상으로 임명하여 진나라의 과업을 달성한 것입니다.

이상 말씀드린 네 군주의 공적은 한결같이 타국 사람의 활동으로 이룩되었습니다. 타국인이라고 해서 진나라를 배반

한다는 의견은 잘못된 것입니다.”

이사의 이와 같은 상서를 보고 진시황은 타국 사람에 대한 추방령을 철회한 뒤 이사를 이전의 관직에 복귀시켰다.

그리고 그로부터 이사는 황제에게 자유롭게 진언을 올릴 수 있었다. 그의 고명하고 변화무쌍한 반간계, 수매계, 위협계 등은 황제를 감복시켰다. 진나라는 20여 년에 걸친 치열한 남정북전으로 끝내는 제후국들을 통일시켰다. 그 공적으로 진시황은 이사를 재상으로 승진시켰다.

재상이 된 이사는 이렇게 말했다.

“나 이사는 원래 평범한 초민이었다. 나는 다만 기회를 적극적으로 찾았기 때문에 황제가 나를 이 자리에 올려놓은 것이다. 참으로 사람의 인생이란 얼마나 변화무쌍한 것인가.”

　사람은 이상에 따라 그 지위가 결정된다고 한다. 이사가 그렇게 높은 지위를 획득하게 된 것은 경쟁에서 이기기를 남달리 즐기는 성격인 호승지벽 때문이다. 그는 출발점의 높고 낮음이 한 인간의 운명에 큰 영향을 준다는 것을 잘 알고 분발 노력하여 자신의 운명을 바꾼 것이다. 이런 정신은 우리가 깊이 생각하고 잘 배워야 할 점이다.

21. 자기가 지른 불에 자기가 타죽다

조고는 조나라 사람으로 비천한 집안 출신이었다. 하지만 진시황은 그가 노력가이며 형법에 정통하다는 평판을 듣고 그를 신임하여 즉시 중거부령으로 등용했다.

시황제에게는 아들이 무려 20여 명이 있었는데, 맏아들 부소는 호쾌한 성격에다 무용이 남달리 뛰어나 조정에서 신망이 높았다. 하지만 시황제는 18번째 공자인 호해를 더 사랑하였다. 그래서 조고는 호해를 태자로 받들려고 했고, 또한 호해로부터 환심을 사기 위해 갖은 방법으로 호해에게 접근

해 잘 보이려고 애를 썼다. 조고는 호해와 친밀해지자 그에게 소송과 재판의 진행 방법을 가르쳤다.

호해는 늘 부왕인 진시황 앞에서 조고의 재능과 충성심을 자랑했다. 그래서 시황제도 조고를 더욱 신임하게 되었고 그에게 호부와 옥새를 관리하게 했다. 조고는 시황제가 가장 신임하는 측근이 되었고 높은 권력을 누렸다.

진시황이 죽은 뒤 황제가 된 호해는 노는 일에만 정신이 팔려 조정의 일은 전혀 아랑곳하지 않았다. 조정의 크고 작은 일들은 모두 조고가 도맡게 되었는데, 그때부터 조정의 대신

● ● ● ● 사슴을 끌고 와 말이라고 우기는 조고

들은 조고를 두려워하게 되었다. 하지만 조고는 조고 나름대로 복종하지 않는 대신들이 많다는 사실 때문에 걱정이 많았다.

조고는 진작부터 왕위를 찬탈할 욕심을 가지고 있었는데, 신하들이 동조할지 반대할지 확신할 수가 없었다. 그래서 그것을 알기 위해 계략을 꾸몄다. 8월의 기해날 조고는 황제인 호해에게 사슴 한 마리를 바치고 이렇게 말했다.

"폐하, 말이옵니다."

호해는 껄껄 웃으며 측근들을 돌아보고 말했다.

"승상이 농담도 잘하는군. 사슴을 보고 말이라니."

측근들의 반응은 세 갈래로 나뉘어졌다. 한 패는 입을 다문 채 끼어들지 않았고, 또 한 패는 조고에게 아첨하기 위해 '아닙니다. 틀림없이 말입니다' 하고 맞장구를 쳤다. 한 패만이 '사슴입니다' 하고 대꾸했다.

조고는 은밀히 손을 써서 사슴이라고 대꾸한 사람들을 차례로 죽여버렸다. 그러자 그 일이 있고부터 신하들은 조고의 이름만 듣고도 벌벌 떨었다.

그리고 나서 조고는 사위인 염악과 아우 조성을 불러 몰래
밀담을 나눈 뒤 황제 호해를 협박해 자결토록 했다. 그리고
는 호해의 형의 아들인 자영을 세워 진왕이라 칭하게 했다.

사병을 시켜 조고를 죽이게 한 진왕 자영

자영은 목욕재계하고 종묘에 나아가 의식을 갖추고 왕의 옥
새를 받도록 조치되었다.

그러자 자영이 재궁에 들어 앉은 지 닷새 뒤 두 아들을 불
러 의논했다.

"승상 조고는 2대 황제를 망이궁에서 주살했다. 그 때문에
군신들로부터 보복을 당할까 두려워 일시적인 호도책으로
나를 왕의 자리에 밀어올린 것이다. 들리는 말로는 그놈이
초나라와 밀통해서 진나라의 종실을 멸하고 스스로를 관중
의 왕으로 들어앉을 배짱이라고 한다. 그놈은 오늘 내게 종
묘에서 의식을 올리라고 이야기하고 있지만, 이건 필경 의식
도중에 나를 제거하려는 흉계임에 틀림없다. 난 꾀병을 앓을
생각이다. 앓아 누워서 의식에 나가지 않으면 결국은 스스로
나를 부르러 오지 않을 수 없을 것이다. 그놈이 나를 부르러
왔을 때 처치해버리는 수단밖에 없다. 다들 그렇게 하도록
하자."

조고는 재삼재사 사람을 보내 의식에 참석할 것을 재촉하
다가 자영이 계속 재궁에서 버티자 과연 그 자신이 직접 독

촉하러 찾아왔다.

"종묘의 의식은 중대합니다. 어째서 출좌하시지 않는 것입니까?"

자영은 그 자리에서 조고를 찔러죽이고 곧바로 그의 부모 형제와 처자들을 모조리 처형해 함양 장터에 효수해버렸다.

조고가 사슴을 말이라며 흑백을 뒤집어 우긴 뒤에 자신에게 불복하는 자를 해코지한 것은 참으로 수치스러운 행위다. 제가 지른 불에 제가 타죽는다는 말처럼 권모술수를 쓴 조고는 끝내 남의 책략에 죽었다. 조고의 경우처럼 심보가 나쁘고 권력투쟁에만 심취한 사람은 반드시 그 끝이 좋지 않다.

22. 항우의 큰 포부

항우는 '자'이고 본명은 '항적'이다. 항씨는 대대로 초나라의 장군을 지낸 집안으로, 영지의 이름을 따서 항씨로 행세해왔다. 항우의 막내 숙부가 항량인데, 항우는 이 숙부의 영향을 크게 받으며 자랐다.

항우도 소년 시절에는 글공부를 시켰는데 도무지 결과가 신통치 않았다. 그럼 무술은 어떤가 하여 숙부가 무술을 가르쳐보았지만 검술도 마찬가지였다. 보다 못한 숙부가 크게 꾸중했다. 그러자 항우는 태연하게 이렇게 대답하는 것이었다.

"글공부 따위는 제 이름이나 적을 줄 알면 충분합니다. 검
술도 결국은 한 사람의 적을 상대하는 것일 뿐 그까짓것 배

워봤자 무얼 하겠습니까? 이왕 배울 바에야 많은 사람을 상대로 싸우는 법을 배워야지요."

이 말을 들은 항량이 이번에는 병법을 가르쳐보기로 했다. 병법은 조금 열심히 하는가 싶더니 오래 가지 않아 대강 요점만을 터득한 뒤 집어치우고 말았다.

항우의 숙부 항량도 그 옛날 어떤 사건에 연루되어 체포당한 적이 있었고 그 뒤 또 사람을 죽여 쫓기는 몸이 되었다. 항량은 조카 항우를 데리고 오중, 지금의 강소성 오현으로 피했다. 그럭저럭 시간이 흐르는 동안 오중의 유력자들이 항량의 사람됨과 능력에 감복하게 되어 지도자로 받들어지기에 이르렀다.

한번은 진나라의 시황제가 순행하는 행렬을 구경하게 되었다. 위풍당당한 행렬을 보던 항우가 중얼거렸다.

"머지않아 내가 저놈을 대신하게 된다…."

기겁을 한 항량은 조카 항우의 입을 틀어막았다.

"함부로 지껄이지 마라. 일족이 몰살당하는 꼴을 보고 싶으냐."

항량은 조카 항우와 같이
진시황의 순행 행렬을 구경하다
항우의 입을 막는다

그러나 그 일로 말미암아 항량은 조카가 보통 녀석이 아니라는 것을 깨닫게 되었다. 항우는 키가 8척이 넘었고 힘은 무쇠 솥을 가볍게 들어올릴 만큼 강했으며 재능도 탁월하여 벌써부터 오중의 젊은이들 사이에 한 몫을 하는 존재가 되어 있었다.

진나라가 크게 어지러워지자 천하 각지에서 저마다 깃발을 들고 진나라 타도를 위한 군사들이 일어났다. 항량과 항우도 병사들을 모아 초나라 깃발을 들었다.

여러 전투를 치르던 항우가 모든 군사들 위에 우뚝 선 계기가 된 것은 거록의 전투였다. 진나라 토벌군과 맞서던 조나라는 거록, 지금의 하북성 평향현 서남쪽을 구원하고자 항우의 도움을 요청했다. 항우는 전군을 이끌고 황하를 건넜다. 그때 거록을 구원하고자 달려왔던 다른 제후의 군사들은 성채 속에 틀어박힌 채 항우가 진군과의 싸움을 시작한 뒤에도 한 발자국도 나오지 않았다. 그럼에도 불구하고 항우의 군사들은 혼자서 열을 감당하는 분전을 감행했다.

천지를 진동하는 초나라 군대의 우렁찬 함성이 메아리쳤

고 결사적으로 싸우는 장렬한 모습 앞에 다른 제후들은 그저
숨을 죽인 채 구경이나 할 따름이었다. 결국 그 싸움에서 항
우의 초나라 군대는 대승을 거두었다.

진군을 격파하고 거록을 구한 뒤 항우는 상장군으로 다른
모든 제후를 완전히 장악하게 되었다.

성공하는 데는 타고난 자질이 한 요소가 되기도 하겠지만
그보다 중요한 것은 원대한 목표를 가지는 것이다. 목표 없이
자질에만 의존한다면 잠시 나타났다가 바로 사라지는 담화
일현에 불과할 것이다. 항우는 어릴 적부터 웅대한 이상과 포
부를 가지고 평범한 사람으로 사는 것을 달가워하지 않았기
에 영웅이 될 수 있었다. 항우의 예처럼 지향은 사람이 성공하
는 데 결정적인 역할을 한다.

23. 노인에게 짚신을
신겨준 장량

장량은 전국시대 말기 한나라 사람으로 오랜 명문 집안에서 태어났다. 한나라가 진나라에 의해 멸망당했을 때 장량은 나이가 어려 출사하기 전이었으므로 화를 면할 수 있었다.

한나라가 멸망할 당시 장량의 집안에는 일하는 사람이 3백 명이나 되었다. 장량은 그 모든 재산을 아낌없이 처분하여 자객들을 모아들였다. 그의 아버지까지 5대에 걸쳐 재상을 맡았던 한나라의 원수를 갚고 부흥시키기 위해 진왕을 암살하려 한 것이다.

그때 진의 시황제가 동방을 순행한다는 소식을 듣자 그는
바로 용감하기 이를 데 없는 장사를 구했다. 장량과 장사는
시황제가 순행하기로 예정된 길가에 숨어 있다가 행렬이 지
날 때 120근의 쇠몽둥이를 시황제의 수레에 집어던졌다. 하
지만 겨냥이 빗나가 수행원의 수레만을 부술 수 있었다. 시
황제는 대노하여 범인을 찾아내기 위해 전국에 대대적인 수
배령을 내렸다.

장량은 이름도 바꾸고 멀리 하비, 지금의 강소성 수녕시 서
북쪽까지 도망쳤다.

어느 날 하비의 다리 근처를 할 일 없이 서성이고 있었는
데, 초라한 몰골의 노인 한 사람이 다리 저쪽에서 걸어오고
있었다. 그 노인은 장량이 보는 앞에서 신을 벗어 다리 아래
로 떨어뜨리고는 그를 불러 세웠다.

"이봐, 내려가서 저 신발 좀 주워오게."

노인의 말투에 화가 치민 장량은 주먹을 불끈 쥐었지만, 상
대가 노인인지라 꾹 참고 신발을 주워 왔다. 그런데 노인은
한술 더 떠서 이렇게 명령했다.

노인에게 신발을 신기고 있는 장량

“신겨라.”

장량은 이왕에 참기로 한 마당에 별 수 없다고 생각하고 허리를 굽혀 노인에게 신을 신겼다. 노인은 발을 내밀어 신을 신기게 하고는 빙그레 웃더니 가버렸다. 장량은 어처구니가 없어 걸어가는 노인을 쳐다만 볼 뿐이었다.

그런데 백 미터쯤 가던 노인이 다시 되돌아왔다.

“보아하니 장래성이 있는 놈이야. 닷새 뒤 새벽에 이 자리에 오도록 해라.”

영문을 모르는 채 장량은 무릎을 꿇고 ‘네’ 라고 대답했다.

약속한 날 그 다리에 가보니 노인이 먼저 와 있다가 고함부터 질렀다.

“늙은이를 기다리게 하다니 무슨 버르장머리야!”

그리고는 휙 돌아섰다.

“닷새 뒤 미명(아직 날이 밝기 전의 새벽녘)에 다시 한 번 와!”

이렇게 말하고는 가버렸다.

닷새 뒤 첫닭이 우는 소리가 들리는 것과 동시에 장량은 다리를 찾았다. 하지만 여전히 노인이 먼저 와 있었다.

“또 늦었어. 닷새 뒤에 다시 한 번 오라고.”

이번에도 노인은 이 말만 하고 돌아섰다.

다시 닷새가 지났다. 이번만은 질 수 없다 생각한 장량은 오밤중에 일어나 다리로 갔다. 새벽이 되려면 한참 더 있어야 했다. 잠시 뒤에 나타난 노인은 먼저 와서 기다리던 장량을 보고 빙그레 웃으며 말했다.

“됐어. 그 마음씨가 첫째로 중요해.”

노인은 품속에서 한 권의 책을 꺼냈다.

“이 책을 공부하면 뒷날에 반드시 왕자의 군사가 될 수 있다. 13년 뒤에 자네는 필경 한판을 벌이고 있을 거야. 13년이 지난 뒤에 우리 다시 한 번 만나자고. 제북 땅 곡성산 기슭에 있는 누런 바위가 바로 나야.”

노인은 장량이 물어볼 겨를도 없이 그만 자취를 감추고 말았다.

날이 밝아 책을 열어보니 『태공병법』이었다. 장량은 책을 펼쳐보고 그 내용에 빨려 들어가 밤낮으로 읽었다. 항상 머리맡에 두고 소리 내어 읽기를 게을리하지 않았다.

13년의 세월이 흘러 그 옛날 하비의 다리에서『태공병법』을 전해준 노인이 다시 만나자고 한 바로 그해 이미 유후가 되어 있던 장량은 마침 고조 유방의 군대와 함께 제북지방을 통과하고 있었다. 노인의 말이 기억난 장량은 곡성산 기슭을 찾았다. 가보니 노인이 이야기한 대로 과연 누런 돌이 있었다. 장량은 그 돌을 가지고 돌아와 정성껏 제사를 지냈다.

유후 장량이 세상을 뜨자 그 바위도 한 무덤에 합장되었는
데, 봄가을의 제사 때는 함께 제사를 지냈다.

진정한 강자는 자신의 날카로움을 함부로 보이지 않는다.
장량이 노인에게 횡포를 당하면서도 신을 주워 신겨준 것이
언뜻 보기에는 자존심도 없는 바보처럼 보이지만 사실은 그
렇지 않다. 노인을 존중하고 예의 바른 것에서 자기 자신의 훌
륭한 인격이 드러나는 것이다. 장량은 끊임없는 예양 과정에
서 자신의 의지를 단련하고 지혜를 길러 끝내 탁월한 군사가
되었다.

24. 제왕이 된 거지

　한고조 유방의 막료 가운데 가장 실력자는 한신이다. 그는 한낮 서민에서부터 몸을 일으켜 제나라 왕을 거쳐 초나라 왕까지 된 인물이다.

　한신은 회음, 지금의 강소성 회안시 회음구 사람으로 가난하게 살았다. 남들처럼 장사할 능력도 없어서 언제나 남의 신세를 질 수밖에 없었다.

　한신은 할 일도 없었기 때문에 매일 회음성 밖에서 낚시질이나 하면서 시간을 보냈다. 그 냇가에는 노파 몇 사람이 무명 빨래를 하곤 했다. 그 가운데 한 노파가 한신을 불쌍히 여겨 그에게 먹을 것을 주곤 했다. 빨래가 끝나기까지 수십 일 동안 노파는 매일 거르지 않고 한신에게 밥을 주었다. 한신은 크게 감격하여 노파에게 고마운 인사를 드렸다.

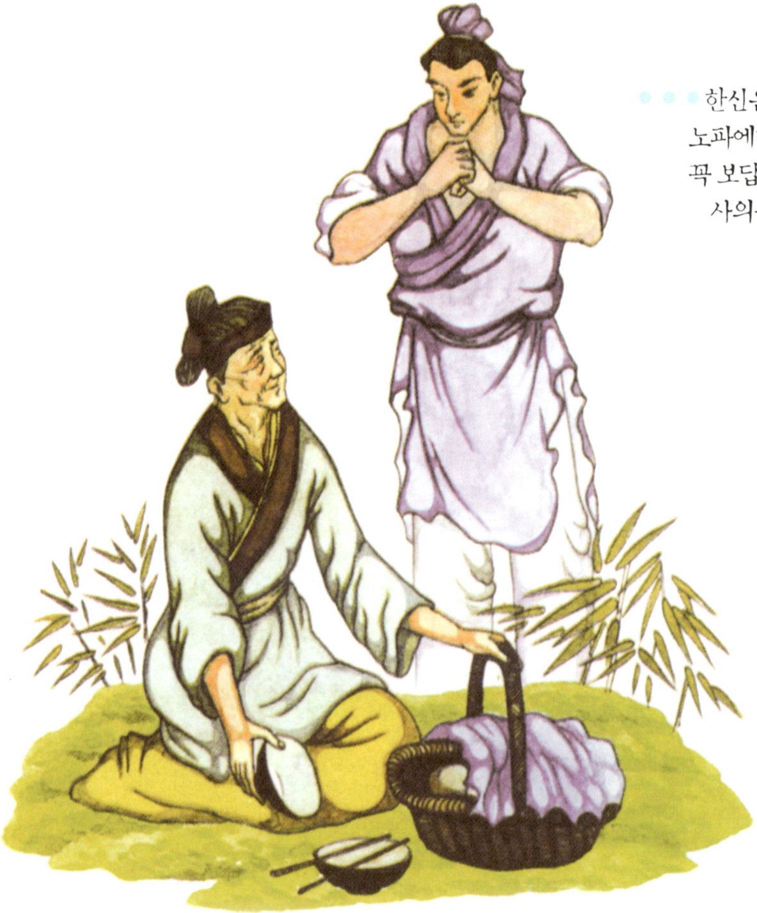

한신은 밥을 준 노파에게 은혜에 꼭 보답하겠다고 사의를 표했다

"이 은혜에 꼭 보답하는 날이 있을 것입니다."

이 말을 들은 노파는 크게 노하며 이렇게 말했다.

"육신이 멀쩡한 사내가 밥 한 끼도 제대로 못 먹기에 하도 불쌍해서 밥 몇 끼 줘본 거야. 이 은혜에 보답해? 그런 바보 같은 소리는 하지도 마."

한편 회음의 백정 패거리 가운데 평소에 한신을 업신여기던 한 젊은이가 하루는 시비를 걸었다.

"이봐, 덩치 큰 친구. 칼까지 주워 찼으니 꼴은 제법 됐는데 배짱은 빈껍데기겠지?"

구경꾼들이 몰려오자 그 젊은이는 더욱 기고만장했다.

"목숨을 버릴 배짱이 있거든 그 칼로 나를 한번 찔러봐. 그게 싫거든 당장 내 바짓가랑이 아래로 기어가던지. 그러면 칼 차고 건방떠는 일도 용서해주지."

한신은 한동안 물끄러미 그 젊은이를 바라보다가 땅에 엎드려 그의 바짓가랑이 밑으로 기어나갔다. 이를 바라본 구경꾼들은 저마다 한신을 바보라고 조롱했다.

기원전 208년 하후 영의 추천으로 한왕 유방은 한신을 치

속도위에 임명했다. 하지만 그다지 중요하게 여기는 것 같지 않아서 더 있어 보았자 사람 꼴만 우스워질 것만 같았다. 한신은 유방의 군대를 보내버렸다.

한신이 없어졌다는 보고를 받은 재상 소하는 다급한 나머지 보고도 올리지 못하고 한신을 뒤쫓아 나섰다. 어떤 사람이 한왕에게 보고했다.

"승상 소하가 달아났습니다."

한왕은 불처럼 노했다. 승상 소하가 없다면 한왕으로서는 양팔을 잘린 것이나 마찬가지였다. 영문을 모른 채 초조히 소하를 기다리는데 이틀쯤 지나서 소하가 되돌아와 한왕을 찾아뵈었다. 한왕은 한편으로는 화가 치밀면서 또 한편으로는 무사히 돌아온 것이 기쁘기도 하여 소하에게 소리부터 질렀다.

"귀공께서 도망을 치다니 도대체 어떤 이유요?"

"아닙니다. 도망친 사람을 뒤쫓아 데려오려고 했을 뿐입니다."

"도대체 누가 도망쳤기에 승상이 몸소 쫓았습니까?"

"한신입니다."

"도망친 장군들이 수십 명이나 되는데, 하필이면 한신 따
위를 뒤쫓아가다니 그것이 말이 되오?"

"다른 장군들이라면 얼마든지 후임자를 새로 임명할 수 있습니다. 하지만 한신은 실로 찾아보기 어려운 뛰어난 인물입니다. 임금님께서 앞으로 한중의 왕으로만 만족하실 요량이라면 이야기가 다릅니다만, 만일 천하를 제패할 결의를 갖고 계시다면 한신을 제외하고는 큰일을 함께 도모할 인물이 없습니다. 한신에게 비중 있는 벼슬을 주어서 붙잡아놓아야 합니다. 그렇지 않으면 조만간에 다시 도망칠 사람입니다."

"그렇다면 화끈하게 대장군으로 임명하지."

대장군으로 임명된 한신은 그 자리에서 한왕에게 동정을 제안했다.

"제아무리 인망이 있는 항우라고 하더라도 알고 보면 필부지용, 부인지인에 지나지 않습니다. 그와 정반대의 행동 방향을 택하는 일, 다시 말씀드려서 정의의 깃발을 높이 들고 고향을 그리는 장병의 뜻을 만족시킨다면, 천하를 장악하는 일도 그리 어렵지 않습니다."

그리하여 그해 8월 한왕은 삼진에 진출해서 관중을 완전히 평정하였다. 좌승상이 된 한신은 군사를 이끌고 위, 조, 제를 토벌하여 한군의 후환을 없애고 천하평정의 기틀을 다졌다.

기원전 220년 한신은 탁월한 공로를 인정받아 초楚나라 왕에 임명되었다.

한나라 5년 정월에 영지로 돌아간 한신은 그 옛날 자신에게 식사를 나누어주었던 빨래하던 노파를 불러 천금을 하사했다. 또한 자기 바짓가랑이 사이로 지나가라며 한신에게 창피를 주었던 불량배를 찾아내서 그를 초나라의 중위에 임명하고 부하 장군과 대신들에게 이렇게 소개했다.

"이 사나이는 대단한 친구야. 지난날 이 사나이가 창피를 주었을 때 그 자리에서 이 사람을 죽여버릴 수도 있었지. 하지만 죽여보았자 내 이름이 올라가는 것도 아니라고 생각하고 꾹 참았어. 이 사나이가 나를 자극하였기에 오늘의 내가 있을 수 있다고 말해도 좋을 것이야."

　야심에 불타며 놀라운 실력으로 초나라 왕이 되었지만, 한신은 지난날 남의 멸시와 천대를 받던 한낱 서민 시절의 배고팠던 날을 잊지 않았다. 자신에게 조그만 도움을 준 것도 소중히 기억하고 일단 자신에게 능력이 갖추어졌을 때 그 은혜를 보답하는 것을 잊지 않은 정신은 지금도 빛을 내고 있다.

25. 지나친 자신감의 말로

　한경제가 태자로 있을 때 동궁의 생활을 관리하는 관원은 조착이었다. 꾀가 많다고 해서 많은 사람들이 그를 '꾀주머니' 라고 불렀다. 나중에 그는 어사대부가 되었다.

　한경제 때 제후국들의 세력이 날로 강대해졌다. 제후들은 토지를 많이 가지고 있었는데, 제나라의 경우에는 성이 무려 70여 개나 되었다. 그리고 어떤 제후국들은 조정의 말을 듣지 않는 '독립 왕국' 이 되었다.

　조착은 날로 강성해지는 제후국들을 그대로 놓아두면 나

라가 쪼개질 위험이 있다고 생각했다. 조착은 한경제에게 이
렇게 건의했다.

"오나라 왕은 사사로이 구리광산을 개발하여 돈을 만들고
바닷물로 소금을 만들며 군사와 군마를 모집하고 있는데, 그
동기가 의심스럽습니다. 그러므로 하루속히 각 제후국들의

봉지를 축소시켜야 할 줄로 압니다.”

“하지만 그러다가 그들이 반란을 일으키면 어떻게 하오?”

경제는 주저했다.

“제후국들이 난을 일으키고자 한다면 땅을 감축해도 난을 일으키고 땅을 감축하지 않아도 난을 일으킬 것입니다. 그들이 지금 난을 일으키면 오히려 그 재앙이 적지만 장차 그들의 세력이 커질 대로 커진 다음에 난을 일으키면 그 재앙이 상상할 수 없을 만큼 클 것입니다.”

조착의 말에 일리가 있다고 생각한 경제는 제후들의 봉지를 감축하기로 했다. 어떤 제후는 한 개 군이 축소되고 어떤 제후는 몇 개 현이 삭감되었다.

그런데 경제와 조착이 오나라 왕 유비의 봉지를 어떻게 축소시켜야 할까를 의논하고 있을 때 유비가 먼저 반란을 일으켰다.

오나라 왕 유비는 ‘간신 조착을 벌하고 유씨의 천하를 구하자’ 는 기치를 내걸고 반란을 선동했다. 그러자 기원전 154년 오, 초, 조 등 7국이 연합하여 반란에 참가했는데, 이

●●●●한경제의 명령으로 조착을 죽이게 했다

를 '7국의 난' 이라고 한다.

그때 조착을 시기하는 자들이 7국의 난은 조착의 잘못 때문이므로 그를 죽이면 7국은 물러날 것이라는 말을 퍼뜨렸다. 그리고 대신들은 '대역무도한 조착을 죽여야 한다' 는 상서를 한경제에게 올렸다. 그런데 상서를 본 한경제는 조착을 보호하기는커녕 죽이는 것에 동의했다

그렇게 해서 한마음 한뜻으로 한나라의 통일을 지켜내려던 조착은 억울한 죽음을 당하게 되었다.

조착을 죽인 한경제는 이제 7국의 요청을 들어주었으니 군사를 물리고 돌아가라는 조서를 내렸다. 하지만 오나라 왕 유비는 그 말을 들을 이유가 없었다.

"뭐, 조서를 받으라고? 지금은 나도 황제인데 왜 내가 남의 조서를 받는다는 말이냐?"

유비는 코웃음을 쳤다.

한편 한나라의 군관인 등공이 장안으로 와서 군사 상황을 보고하자 한경제는 물었다.

"그대가 군영에서 왔으니 묻겠는데, 조착이 처형된 것을 알고 오나라는 물러가겠다고 하던가?"

"오나라 왕은 반역의 마음을 먹은 지가 오래되었습니다. 그렇기 때문에 이번 난은 조착 때문에 일어난 것이 절대 아닙니다. 조착을 없애기 위해 난을 일으켰다는 것은 저들이 내세운 구실일 뿐입니다. 조착은 억울하게 죽었습니다. 앞으로 조착처럼 조정을 위해 자신의 의견을 숨김없이 말할 사람은 다시 없을 것입니다."

그제야 한경제는 조착을 죽인 것을 후회했지만 이미 엎질러진 물이었다.

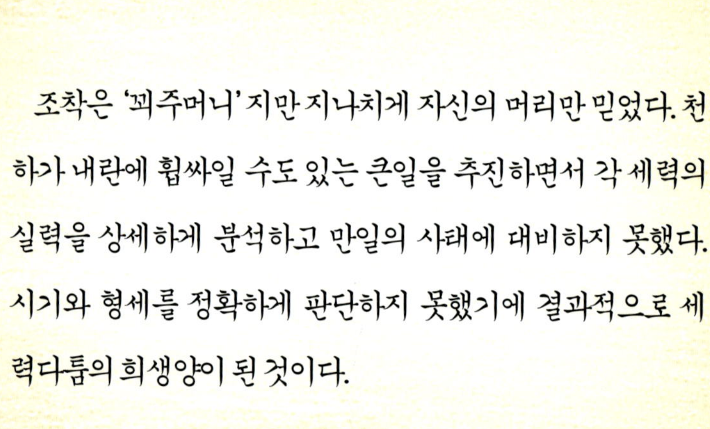

조착은 '꾀주머니'지만 지나치게 자신의 머리만 믿었다. 천하가 내란에 휩싸일 수도 있는 큰일을 추진하면서 각 세력의 실력을 상세하게 분석하고 만일의 사태에 대비하지 못했다. 시기와 형세를 정확하게 판단하지 못했기에 결과적으로 세력다툼의 희생양이 된 것이다.

26. 원한을 덕으로 대하다

　　서한 초 의협심이 강한 곽해라는 사람이 있었다. 그는 몸집이 작았지만 동작이 빠르고 날렵하며 강단이 있었고 술도 마시지 않았다.

　　젊었을 적에는 사람을 사람으로 여기지 않는 난폭한 사람이었지만 동료들 가운데서는 의리가 있었다. 친구가 억울한 일을 당하면 반드시 복수했고 의지하러 오는 사람에 대해서는 비록 죄를 지은 사람이라도 즐겨 숨겨주었다.

　　그런 곽해도 나이가 들면서 사람이 변했다. 외고집을 부리

남에게 술을 강요하고 있는 곽해의 조카

는 일은 없어지고 방자한 행위도 하지 않게 되었다. 원한에
는 덕으로 대했고 사람에게 은혜를 베풀면서 보답 같은 것도
받으려 하지 않았다. 사람의 생명을 구해주고도 자만하는 일
이 없었다.

그런데 곽해의 누이의 아들은 곽해의 세력을 믿고 횡포를
부리는 일이 잦았다.

어느 날 싫어하는 상대를 술집으로 끌고 가서 마구 마시게 한 뒤에 이젠 도저히 더 못 마시겠다고 하는데도 자꾸만 더 마시라고 강요했다. 상대는 화가 나서 칼을 빼 그를 찔러 죽이고 달아났다.

곽해의 누이는 화가 났다.

"이대로 그냥 내버려 둘 것이냐? 죽은 것은 너의 조카가 아니냐?"

곽해는 부하를 여기저기 파견해서 살인자를 찾도록 했다. 더 이상 도망칠 수 없다고 판단한 살인자는 자진해서 곽해에게 나타나 자초지종을 설명했다.

"그러고 보니 자네가 그놈을 죽인 것도 무리는 아니군. 내 조카가 잘못한 일이다."

곽해는 그 자리에서 조카의 잘못을 인정했고 상대를 풀어주었다. 그리고 조카의 시체를 집으로 가져와 묻어주었다.

그 이야기는 세상에 널리 알려졌고 사람들은 곽해의 협기를 칭찬했다. 그를 따르는 사람들이 더욱 많아졌다. 곽해가 외출할 때 사람들은 사양해서 길을 비켰다.

곽해가 지나가는 길에 한 젊은이가
다리를 뻐치고 앉아서
곽해가 지나가는 것을 막고 있다

그런데 어느 날 다리를 죽 뻗고 앉아 곽해의 길을 가로막는 사람이 있었다. 곽해는 사람을 시켜 그 사나이의 이름을 알아보도록 했다. 하지만 그는 제대로 대답도 하지 않고 빈정거렸다. 그의 무례함에 화가 난 곽해의 부하가 그를 죽이려 했지만 눈치를 챈 곽해가 그러지 못하도록 말렸다.

"내가 사는 마을에서조차 존경을 받지 못하는 것은 내 수양이 부족한 탓이다. 저 사람이 나쁜 것은 아니다."

곽해는 마을 관리에게 조용히 부탁했다.

"저 사람은 나에게 귀중한 사람이야. 병력을 교체할 때 명부에서 빼주도록 부탁함세."

그 결과 그 사내는 병력 교체의 시기에 병역 의무도 면하고 병역 면제금도 내지 않게 되었다. 사내는 이상하게 생각하여 마을 관리에게 그 까닭을 물어보았다. 그리고 곽해가 부탁한 때문이라는 것을 알았다. 그 사내는 바로 곽해를 찾아 벌을 청하는 사람처럼 상반신을 드러내고 전날의 잘못을 빌었다. 이 이야기가 전해지자 젊은이들은 한결 더 곽해를 존경하게 되었다.

곽해는 외출할 때 언제나 말을 타는 일이 없었고 마차를 탄 채 관청에 들어가는 일도 없었다. 남의 부탁으로 관청에 진정을 할 때는 이쪽이 정당할 경우라면 꼭 이루어지도록 했다. 무리라고 생각할 경우라도 부탁한 사람이 납득할 때까지 가능한 온갖 방법을 다 썼다. 그러고 난 뒤에야 자신도 편안하게 밥을 먹었다. 그렇기에 각지의 유력자들도 곽해에게 경의를 표하면서 그의 일이라면 발벗고 나서 도우려고 했다.

후에 황제가 지방의 호족을 무릉, 지금의 섬서성 흥평시 동북쪽으로 이주시키는 정책을 시행할 때의 일이다. 곽해에게는 재산이라고 할 만한 것이 없었기에 3백만 전 이상의 재산가라는 규정에 해당하지 않았다. 하지만 관리들에게는 곽해가 귀찮은 존재였기에 어떻게 해서든지 이주시키려고 계략을 꾸몄다. 그러나 위청 장군이 곽해의 편을 들어 황제에게 진언했다.

"곽해는 가난해서 이주 규정에는 해당되지 않는다고 생각합니다."

하지만 황제는 그를 더 고맙게 받아들였다.

“서민인 주제에 장군을 시켜 변명을 전할 만큼 힘을 지니고 있다니 가난할 리가 없다.”

결국 곽해는 강제로 이주당하게 되었다. 그런데 그때 전송하러 나온 사람들이 낸 전별금이 천여 만전이나 되었다고 한다.

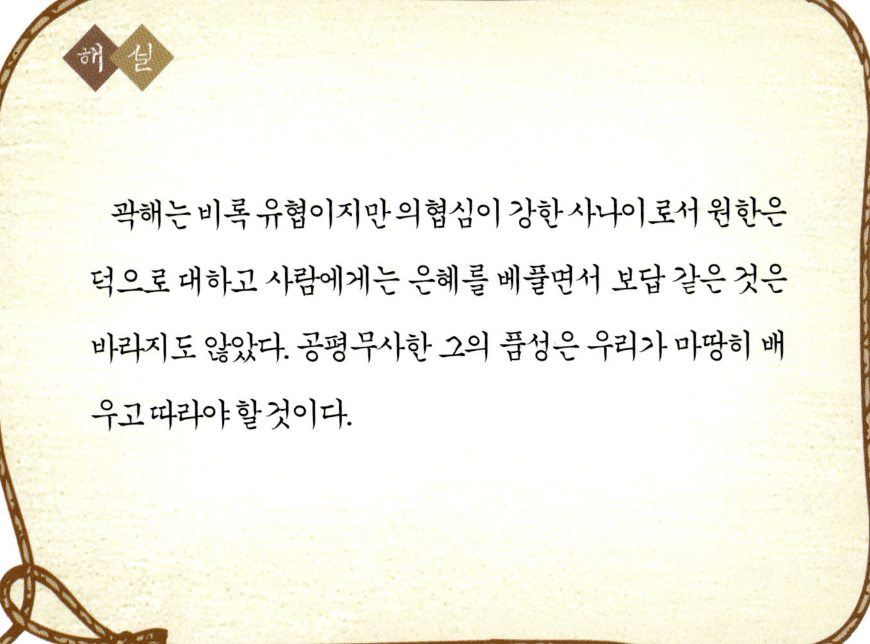

곽해는 비록 유협이지만 의협심이 강한 사나이로서 원한은 덕으로 대하고 사람에게는 은혜를 베풀면서 보답 같은 것은 바라지도 않았다. 공평무사한 그의 품성은 우리가 마땅히 배우고 따라야 할 것이다.

27. 치욕과 좌절을 이겨낸 사람

『사기』의 작가 사마천은 서한 시대의 사학가이면서 문학가였다. 사마천의 집안은 대대로 조정의 사관을 지냈다. 아버지 사마담도 한나라 조정의 태사령이었다.

열 살이 되던 해에 아버지를 따라 장안으로 온 사마천은 어렸을 때부터 많은 책을 읽었다.

사마천은 스무 살 때부터 시야를 넓히고 역사 자료를 수집하기 위해 전국 각지를 답사했다. 그 경험은 뒤에 그가 사서를 집필하는 데 중대한 자료가 되었다

어릴 적부터 아버지 서재에서 많은 책을 읽은 사마천

기원전 99년 한무제는 대장군 이광리에게 군사 3만을 주어 흉노를 치게 했다. 하지만 한나라군이 크게 패해 전군이 전멸당할 뻔했다. 그때 이광의 손자 이릉은 기도위였는데, 5천 보병을 거느리고 흉노와 싸웠다. 그는 열 배가 많은 적과 싸우다가 구원병이 오지 않아 대패하고 말았다. 그는 흉노에게 사로잡혔으며 결국 항복하고 말았다.

이 소식이 전해지자 대신들은 죽는 것이 두려워 투항했다고 이릉을 비난했으며 한무제도 이릉의 처자식과 노모를 옥에 가두었다.

그런데 사마천이 나서서 이릉을 두둔했다.

"이릉은 5천 명밖에 안 되는 군사로 적진 깊이 들어가 몇만 명이나 되는 적군을 쳤습니다. 비록 실패하긴 했지만 그 싸움에서 죽인 적 또한 헤아릴 수 없이 많습니다. 이릉이 지금 죽지 않고 적에게 넘어간 것은 다른 뜻이 있기 때문일 것입니다. 앞으로 그가 꼭 공로를 세워서 황상의 은공에 보답할 것입니다."

하지만 그 말에 한무제는 대노했다. 사마천이 이릉을 변호

궁형을 당했지만 치욕을 견디며 혼신의 힘을 다해 책을 쓰는 사마천

하는 목적이 무제가 총애하는 후궁의 오빠인 이광리를 의도적으로 깎아내리는 데 있다고 생각했던 것이다.

"뭐라고? 적에게 투항한 자를 변호하다니? 그래, 조정을 반대할 셈이냐?”

한무제는 사마천을 당장 옥에 가두도록 하고 정위에게 심문토록 했다. 그리고는 궁형(생식기를 제거하는 혹형)에 처했다.

이렇게 사마천은 이릉의 사건에 연좌되어 죄수의 몸이 되었고 깊은 절망의 구렁텅이에 빠지게 되었다. 궁형을 당한 사마천은 수치스러워 자살하려고 했지만, 중요한 일을 아직 완성하지 못했다는 생각에 결국 자살을 포기할 수밖에 없었다.

당시 사마천은 혼신의 힘을 다해 책을 쓰고 있었는데, 바로 고대 중국에서 가장 유명한 역서사인 『사기』였다.

『사기』에서 사마천은 전설 속의 황제시대로부터 시작하여 무제 태시 2년(기원전 95년)까지의 역사를 다루었는데, 무려 130편 52만 자나 되는 대작이었다.

사마천은 『사기』를 집필하면서 고대 문헌 가운데 알기 어려운 것들을 쉽게 고쳤으며, 인물 묘사나 이야기들을 보다 역동적이고 선명하게 그려냈다. 문체 또한 훌륭해서 『사기』는 위대한 역사서일 뿐만 아니라 훌륭한 문학작품이기도

하다.

사마천은 출옥한 다음 역사실록을 책임지는 중서령을 지냈다. 사마천의 역사서 『사기』는 중국 사학사와 문학사에서 매우 중요한 위치를 차지하는 걸작이다.

살다보면 고통을 겪거나 좌절을 겪을 때가 있다. 그리고 인생의 무엇을 이룬 사람치고 어려움 없이 성공한 경우가 없고 역경과 곤란을 이겨내지 않은 사람이 없다. 사마천은 앞선 사람들의 기록에 격려받으며 자신의 불굴의 의지력으로 온 세상 사람들이 주목하는 위대한 저작 『사기』를 완성한 것이다.

재미있는 고전 27가지

2010년 5월 10일 인쇄
2010년 5월 15일 발행

편역자 ┃ 장석만
펴낸이 ┃ 장종호
펴낸곳 ┃ 도서출판 사사연

서울시 종로구 홍지동 126-8
등록 2006. 2. 8 제10 - 1912호
전화 ┃ (02)398 - 2510
팩스 ┃ (02)393 - 2511
편집 디자인 ┃ design4u
인쇄 ┃ 성실인쇄
제본 ┃ 바다재책

정가 10,000원

*잘못된 책은 바꾸어 드립니다.

www.ssyeun.co.kr
e-mail/ssyeun@ssyeun.co.kr